BOUTET Eliette

Pourquoi tu murmures ?

Mentions légales :

Cette œuvre est protégée par le droit d'auteur et strictement réservée à l'usage privé du client. Toute reproduction ou profit d'un tiers, à titre gratuit ou onéreux, de tout ou partie de cette œuvre est strictement interdite et constitue une contrefaçon prévue par l'article L 335-2 et suivants du Code de la Propriété Intellectuelle. L'auteur se réserve le droit de poursuivre toute atteinte à ses Droits de Propriété Intellectuelle dans les juridictions civiles et pénales.

© 2024, Eliette Boutet

Dépôt légal : Janvier 2022

ISBN : 978-2-3225-2266-8

Couverture : Déborah Boutet

Édition : BoD - Books on Demand, info@bod.fr
Impression : BoD - Books on Demand, In de Tarpen 42, Norderstedt (Allemagne)
Impression à la demande

1

Pourquoi tu murmures ?

Goult est ce petit village de Provence où il fait bon vivre avec ses rues pavées, les maisons en pierre ou en crépi, le tout orné de verdure. Toutes les personnes de passage trouvent énormément de charme à ce lieu. Les habitants y sont accueillants et leur petit accent, enchanteur. La vie coule doucement sous un soleil généreux. Pour toutes les fortunes du monde, Jarod n'irait habiter nulle part ailleurs.

Lâchement abandonné par son père, Jarod partage son petit appartement avec sa mère Hélène. Cette dernière, dépressive, ne peut vivre seule et pour le jeune homme, il est inconcevable de ne pas s'occuper d'elle. Hélène observe souvent son fils comme si elle avait envie de lui dire quelque chose, mais se retient. Jarod sent son regard sur lui, mais n'y prête aucune attention. Une certaine complicité s'est installée entre eux et chacun à sa manière fait attention à l'autre. Leur vie s'est installée dans une routine qui les satisfait tous les deux, en tout cas en apparence. Un jour, alors qu'il rentre du travail, Jarod trouve sa mère étendue sur le sol, inconsciente. Sans tarder, il la fait admettre à l'hôpital, mais Hélène décède d'une crise cardiaque. C'est une perte brutale et douloureuse pour le garçon. Ce dernier doit s'endetter pour que la personne la plus importante dans sa vie, puisse avoir un enterrement décent.

À vingt et un an, Jarod a une vie pleine de solitude, de chagrin et de rêves, mais il en a une autre qui, elle, est intérieure riche de réflexions profondes. Il ne saurait dire s'il vit ou survit. Il travaille dans un supermarché tout près de chez lui. Il n'a aucune responsabilité et parle peu avec les autres employés ainsi qu'aux clients. Ranger le magasin et nettoyer sont ses principales fonctions. Bien sûr, il est conscient d'avoir la chance d'être indépendant financièrement, même si son salaire ne lui permet pas de faire des folies. Dans son appartement, il tourne parfois en rond car sa mère lui manque, elle était sa seule famille.

Jarod ne va jamais dans les salles de cinéma et pourtant c'est un passionné. Il est incollable. Les films le captivent. C'est avec l'ordinateur qu'il les découvre. Quand il ne travaille pas, il peut rester des heures devant son écran. En dehors de cela, il n'a pas d'ami et aucune activité à l'extérieur qui lui permettrait de se changer les idées. C'est quand il se sent mieux qu'il fait de l'humour et se dit à lui-même, *j'ai quelque chose, j'ai ce truc que l'on appelle, rien. Rien, c'est déjà quelque chose, non ?* Jarod se pose mille et une questions le jour et la nuit, ce sont les nombreux rêves qui prennent le relais, dormir n'est pas un réel repos. Il n'y a pourtant qu'un seul songe qui lui reste en mémoire à son réveil et qui revient le hanter toutes les nuits. Il rêve de la lune. Ils ont de grandes conversations tous les deux, même si cela ressemble plus à un interrogatoire, tant son interlocutrice se montre curieuse. Une seule question retient son attention dans ces échanges, celle qui semble être la plus importante. Elle lui parle de travail toujours et encore. À chaque fois, c'est la même chose, le jeune homme ressort tourmenté par ces discussions qui lui font prendre conscience à quel point sa vie manque de folie.

— Dis-moi Jarod, quand vas-tu te mettre au travail ? Lui demande toutes les nuits la lune.

— J'ai déjà un travail, répond systématiquement le jeune homme.

— Non, je te parle de l'autre travail. Qu'est-ce que tu attends ?

La question posée, la lune disparaît aussitôt et abandonne le jeune homme qui ne comprend toujours pas ce à quoi elle fait allusion. Il perd parfois patience, alors agacé, il se lève dans l'obscurité pour voir si celle qui perturbe ses nuits est là. Il regarde le ciel et, déçu, va s'asseoir au bord du lit, les coudes sur ses genoux et le visage entre ses mains. Il a envie de crier, de hurler sa colère et sa détresse aussi.

— Qu'est-ce qu'il m'arrive ? Je deviens fou ? Si la lune parlait, ça se saurait.

Au magasin, Jarod est distrait. Il a du mal à faire son travail, c'est pourtant un garçon sérieux. Son patron le rappelle gentiment à l'ordre à chaque fois. Il l'aime bien, il sait que le jeune homme est complètement seul. Mais un jour, Jules s'inquiète pour Jarod qui n'est pas comme d'habitude.

— Alors mon garçon, tout va bien ? Si tu as des soucis tu peux m'en parler, tu le sais ?

— Non tout va bien Monsieur.

— Tu es dans la lune ces temps-ci, tu es amoureux peut-être. Je la connais ?

— Non monsieur je ne suis pas amoureux.

— Arrête de m'appeler « monsieur », s'il te plaît, appelle-moi par mon prénom, Jules. Au fait, avant d'oublier, ma petite fille Margot que tu as vu une fois, vient passer quelques jours chez nous. Vous pourriez sortir un peu tous les deux, il fait un temps magnifique. Il faut en profiter. Comment tu fais pour rester cloîtrer chez toi toute la journée, dis donc ? De plus, samedi c'est mon anniversaire. Tu monteras à l'étage après le travail pour prendre le repas avec nous. Une invitation ne se refuse pas. Ma femme, Cécile, a insisté pour que tu sois là, et on ne contrarie jamais sa femme, enfin…surtout la mienne !

— Ah c'est très gentil mais je ne sais pas si je…

— Bo bo bop pas d'histoire. Si tu ne viens pas, je me verrais obligé de venir te chercher. Tu ne sors jamais alors qu'est-ce que tu as à faire, dis-moi ? Tu discuteras avec Margot, tu verras c'est une gentille fille. Elle est un peu timide elle aussi, mais pas autant que toi. Allez mon garçon, finis ton travail et rentre chez toi.

Jarod commence déjà à s'inquiéter. Il essaie de se creuser la tête pour trouver une bonne excuse et éviter ce repas. D'un autre côté, le jeune homme estime son patron. Il a du respect pour lui et surtout il ne veut pas lui faire de la peine. Cécile est gentille avec lui, même s'il ne la voit pas souvent. Il a beau chercher, il ne trouve rien de valable pour s'y soustraire et se dit que ce n'est qu'un repas après tout. Quant à Margot, il n'a rien à lui dire et s'il le faut, elle n'a aucune envie de parler avec lui. *Ah, on sera bien tous les deux à discuter sans dire un mot.*

La veille du repas, le jeune homme cherche un cadeau pour monsieur Jules. Il sait qu'il aime les livres sur l'histoire de France, alors dans les rayons, il en choisit un qui parle de la guerre 14-18. Une fois fait, il rentre chez lui et c'est non loin du magasin qu'il aperçoit Margot qui s'avance vers lui.

— Salut Jarod. Il paraît que tu seras parmi nous demain soir… je suis contente. Ils sont tous très gentils mais ils sont vieux. Si tu ne viens pas je vais m'ennuyer. Alors à demain d'accord ?

— Oui, oui d'accord.

Le lendemain soir, comme prévu, Jarod monte à l'étage. Cécile, l'épouse de Jules, le reçoit avec un grand sourire. Il y a une bonne dizaine d'invités ainsi que Margot qui le débarrasse de sa veste et du cadeau de Jules et lui demande de s'asseoir près d'elle en bout de table.

— Je t'avais dit qu'il n'y aurait que des vieux. On risque de s'ennuyer un peu tu ne crois pas ?

— J'aime les vieux. Ils ont toujours des choses sympas à raconter.

— Si tu veux, nous irons nous promener après le repas...

— Non, je ne peux pas. J'ai des trucs à faire. Une autre fois peut-être.

Le jeune homme interrompt si sèchement Margot qu'elle n'ose pas renchérir. Il la regarde en coin un peu gêné. Le repas est une merveille pour le jeune homme avec ces petites tranches de pain recouvertes de tapenade, des asperges, une belle salade composée bien garnie, deux gros poulets fermiers accompagnés de champignons frais, ainsi qu'une grande tarte aux épinards et fromage de chèvre. Enfin, tout le monde est ravi. Cécile est une cuisinière hors pair. Jarod se régale et accepte volontiers tout ce que son hôte lui sert. Tous parlent et rient, racontent des anecdotes. *Comme ils semblent heureux.* Dans ces moments-là, Jarod a l'impression d'avoir une famille et quand cette idée fait irruption, il n'entend plus rien, il pense à sa mère. Il la revoit dans la cuisine en train de préparer le repas avec son joli sourire et son regard triste. Il se sent soudain coupable.

— Joyeux anniversaire, joyeux anniversaire...

Le jeune homme, surpris, revient au moment présent et chante doucement lui aussi. Margot, de temps à autre, le regarde avec un petit sourire et Jarod lui rend timidement. Il a envie de lui parler mais ne sait pas comment s'y prendre. *Je dois avoir l'air idiot à rester là sans rien dire.* Cécile apporte le gros gâteau, un framboisier que Jules aime tout particulièrement.

— Hm ! Il paraît que la gourmandise est un vilain défaut, mais je suis très gourmande et toi ?
— Oui, moi aussi. Qu'est-ce que tu fais quand tu n'es pas en vacances ? ose demander Jarod.
— Je suis esthéticienne. Mais j'aime dessiner, c'est une passion. Quand j'ai un moment, je prends mon crayon et mon bloc et c'est parti. Et toi ?
— Bien…euh…je regarde des films. J'aime beaucoup le cinéma…mais chez moi pas…pas dans les salles.
— Ah oui pourquoi ? On pourrait y aller tous les deux… enfin si tu veux. Je reste encore une dizaine de jours, peut-être plus mais ce n'est pas sûr.
— Oui… peut-être.

Margot profite de l'occasion pour ne plus lâcher le jeune homme. Pendant qu'elle lui parle, Jarod la regarde plus attentivement. C'est une belle fille. Il est subjugué par sa chevelure abondante, qu'elle relève en une espèce de chignon, qui laisse s'échapper de longues mèches châtain clair. Elle a un long cou qui lui donne une certaine grâce. Sans être un spécialiste, Jarod sait reconnaître une beauté franche, sans artifice. La jeune fille parle sans se rendre compte que son interlocuteur n'entend rien de ce qu'elle dit et de son côté, Jules observe de loin le garçon depuis un moment. Si seulement il était moins sauvage, ils pourraient l'avoir plus souvent parmi eux, il serait moins seul. Jules et Cécile s'occuperaient bien de lui, s'il acceptait. Mais Jules préfère se montrer patient.

— Petit à petit, quand il aura enfin confiance en nous, il se laissera un peu chouchouter, dit un jour Jules à Cécile.

— Peut-être, mais il va falloir faire un peu de forcing avec lui. Il est gentil comme tout ce petit, mais c'est un sauvageon !

— Depuis quand tu parles anglais toi, Cécé ?

Il est vingt-trois heures quand Jarod décide de rentrer chez lui. Il remercie ses hôtes et fait un signe timide de la main à Margot avant de partir.

— Merci Jarod pour ton livre. C'est une belle attention. N'hésite pas à venir quand tu en as envie. Tu seras toujours le bienvenu. Et puis, je suis sûr que ma petite fille sera contente.

Jarod, timide, a les joues rougies par la gêne.

— Merci monsieur, enfin je veux dire, Jules.

2

L'appartement reste dans l'obscurité jusqu'à ce que Jarod se mette au lit. Est-ce à cause de l'alcool que le jeune homme s'endort rapidement ? Il rêve de Margot. Elle lui parle, mais il n'a d'intérêt que pour ses cheveux. Il met la main dans sa chevelure et regarde avec admiration les fils dorés qui brillent au soleil. Une multitude de rêves s'enchaînent quand soudain la lune fait son apparition. Elle est brillante et comme à chaque fois, elle s'adresse à Jarod. C'est une grande bavarde. Elle a toujours quelque chose à dire, mais la question principale revient constamment. Le jeune homme répond inlassablement la même réponse.

— Alors Jarod, quand vas-tu te mettre au travail ?
— Mais j'ai déjà un travail.
— Non, je te parle de l'autre travail. Qu'est-ce que tu attends ?

À chaque fois, le jeune homme se réveille en sursaut, se traîne jusqu'à la fenêtre et bien sûr la lune est la grande absente. Il reste là sans bouger, les bras le long du corps pour regarder les étoiles. Il ne comprend toujours pas pourquoi elle insiste sur le travail qu'il a à faire et sur le reste qu'il oublie systématiquement à son réveil. Il aurait aimé parler à quelqu'un de ses songes, mais à qui ? Jules ? Il le prendrait pour un fou, à Cécile ? non pas elle, elle l'intimide un peu. À Margot ? Qu'est-ce que Margot lui répondrait, il la connaît à peine, Margot ? Hors de question. Le lendemain, Jarod travaille sans regarder ce qu'il se passe autour de lui. Parfois le temps semble s'arrêter tellement la journée lui paraît longue. Il en a assez. Il est dans un état de léthargie inhabituel. Sa vie nocturne ne lui permet pas de se reposer. Il a de plus en plus de mal à avancer. Jules qui est pris d'un attachement sincère pour Jarod, le surveille discrètement. Il le voit tituber, prêt à tomber.

— Eh, ça ne va pas Jarod ?

— Je ne me sens pas très bien. J'ai la tête qui tourne.

— Viens chez moi. Je vais te faire un café et tu vas manger quelque chose et ne commence pas à dire que tu ne veux pas, c'est compris. Allez, viens.

Cécile et Margot sont parties en ville pour faire des achats. Jules profite de cette occasion pour essayer de se rapprocher du jeune homme toujours très distant.

— Alors, dis-moi qu'est-ce qui ne va pas ? Tu as des soucis ? Si c'est le cas, dis-toi qu'à chaque problème, il y a toujours une solution. Je vois bien que depuis quelque temps tu sembles ailleurs. C'est bien simple, on dirait un zombie, dit Jules en riant pour détendre l'atmosphère.

Jarod qui ne parle pas beaucoup d'habitude, raconte spontanément à Jules ce qu'il vit toutes les nuits, d'ailleurs cela le surprend. Il n'avait pas l'intention de se confier à son patron, ni à personne d'autre, mais à cet instant, il en a besoin. Les mots sont sortis sans réfléchir.

— Je rêve de la lune, elle me parle toutes les nuits.

— La lune ? Et qu'est-ce qu'elle te dit qui te perturbe tant ?

— Elle…elle me parle de mon travail à chaque fois. Je ne comprends pas.

— Pourquoi, qu'est-ce qui ne va pas avec ton travail ?

Le jeune homme insiste sur le mot "autre" pour faire comprendre à son patron, l'obstination de la lune.

— Non, elle…elle me parle…de « l'autre » travail.

— Ah, parce que tu as un autre travail ? Je ne savais pas. C'est pour ça que tu es…

— Non Jules je n'ai pas d'autre travail. Mais la lune me demande quand je vais me mettre au travail…

— Attends, je ne suis pas sûr de comprendre. Toutes les nuits, tu rêves que la lune te dit de te mettre au travail, « l'autre » travail, mais tu ne sais pas de quoi elle parle, c'est bien ça ?

— Oui c'est ça. Vous devez vous dire que je suis fou n'est-ce pas ? Je suis désolé, je n'aurais pas dû vous en parler. Je retourne travailler.

— Non, non, attends une minute mon petit. Je n'ai pas dit ou pensé que tu es fou, en revanche, je suis heureux que tu te confies à moi. Pour ton rêve, il est certes bizarre mais tout le monde rêve Jarod. Il ne faut pas te rendre malade pour cela. Tu sais, quelquefois c'est l'inconscient qui parle. Enfin…il paraît. Honnêtement je n'en sais rien, je ne crois pas à toutes ces bêtises, mais j'ai entendu ça un soir à la télévision. Alors tu vois, j'en sais autant que toi.

Pour une fois que tu te livres un peu, je suis incapable de t'aider d'une manière ou d'une autre. Mais, ça vaut le coup de se creuser la tête quand même, si ça te trouble à ce point. En attendant rentre chez toi, et repose-toi. On en reparlera si tu es d'accord.

— Je compte sur vous pour ne pas le répéter à votre épouse… ou… à Margot.

— Motus et bouche cousue.

En disant ces mots, Jules ferme la bouche et fait mine de la fermer à clé. Jarod remercie Jules de l'avoir écouté et s'en va sans tarder. Le fait d'avoir pu parler de ses conversations nocturnes lui fait du bien.

Le soir venu, il ouvre grande la fenêtre pour laisser un peu de fraîcheur entrer et pour entendre les rires des gens qui se promènent dehors. C'est un beau mois d'août. Ce soir-là, il n'a pas envie de regarder des films sur son ordinateur. Il a sommeil et se sent épuisé comme s'il avait fait un travail pénible. Il se met au lit et se rend compte qu'il est déçu de ne pas avoir vu Margot. Margot, quel joli prénom ! Il lui va bien. Jarod s'endort en moins d'une minute. Les rêves se succèdent les uns derrière les autres et le sujet principal revient dans le discours de la lune qui lui parle du travail qu'il a à faire. Le jeune homme se réveille d'un coup. Assis dans son lit, il se frotte le visage et doit faire un effort pour retenir ses larmes. Il se lève un peu difficilement et se poste devant la fenêtre. L'air du dehors lui fait du bien. Machinalement, il lève les yeux vers le ciel et, surpris, fait un pas en arrière. La lune est là, bien ronde, blanche avec des petites tâches grisâtres par endroit. Il semble la voir pour la première fois. Il la fixe et s'imagine prendre une échelle pour aller jusqu'à elle. Tout doucement, un halo se forme autour de l'astre lumineux. Le garçon regarde plus attentivement car il semble se passer quelque chose là-haut. L'auréole commence à s'ouvrir, puis, ce qui ressemble à une traînée de poussière blanche, s'approche de Jarod qui prend peur. Il a un malaise et perd connaissance pendant deux bonnes heures. Quand il revient à lui, il va jusqu'à la salle de bain, se passe de l'eau sur son visage, et se regarde dans le miroir. Une auréole toute autour de lui l'entoure comme une seconde peau. Il agite les bras dans tous les sens pour la faire partir mais elle est toujours là. Incrédule, il fixe ce halot de lumière qui ne veut pas le quitter. Son cœur bat vite. Il a peur. Sa respiration est beaucoup trop rapide. Que lui arrive-t-il ? Il a la bouche sèche, tout son corps tremble. Il s'évanouit à nouveau. Il se voit dans le vide comme s'il flottait, porté par un nuage blanc. La lune est là, tout près de lui, si près qu'il peut la toucher. Elle chuchote un tas de choses qu'il n'arrive pas à saisir.

— Parle moins vite, je ne comprends rien à ce que tu me dis.

Quand il se réveille, la lueur n'est plus là. Il se rafraîchit à nouveau et va à la fenêtre. Sa complice est toujours là, elle l'attend.

— Ça va mieux Jarod ?
— Est-ce que je deviens fou ?

— Mais non voyons, tu n'es pas fou.

— C'est un jeu pour toi ? Parce que je ne trouve pas ça drôle.

Après avoir susurré ces quelques mots, l'astre s'éclipse aussitôt.

— Je parle à la lune ! déclare Jarod, à haute voix.

Le jeune homme pleure pendant un moment, puis se traîne jusqu'à son lit, se couche et se rendort rapidement. Les rêves s'imposent sans discontinuer, mais la lune ne revient plus lui parler.

3

La routine a quelque chose de rassurant pour Jarod, bien qu'il ressente une certaine lassitude cette fois. Il doit se forcer, s'obliger à sortir et aller jusqu'au magasin lui demande un gros effort. Quand il arrive, Jules le regarde discrètement mais ne dit rien. C'est seulement en début d'après-midi, que le patron se décide à parler à son jeune employé. Il a de la peine pour lui. Il semble si triste.

— Tu sais Jarod, tu peux aller te reposer. Tu as des cernes sous les yeux. Tu n'as pas dû bien dormir cette nuit. Est-ce qu'elle t'a parlé, tu sais qui ?

— Oui

— Tu veux qu'on aille chez moi pour en discuter. Je n'arrête pas de cogiter. Cette histoire est bizarre, tout de même.

— Dites-le que vous me prenez pour un fou. Vous savez, je l'ai pensé moi aussi, pourtant je suis comme d'habitude. Je ne comprends pas ce qu'il m'arrive.

— Il y a ta nouvelle copine là-haut ?

— Qui ? La lune ?

Jules, enfant du pays, a sa façon bien à lui de dire les choses avec son accent chantant.

— Mais non voyons, je te parle de Margot. Allez vous promener tous les deux. Je suis sûr que prendre un peu l'air te fera du bien et tu dîneras avec nous ce soir. Tu travailleras demain.

Comme le jeune homme ne riposte pas, Jules va chercher la jeune fille, ravie de voir enfin Jarod. Elle est habillée d'une jolie robe blanche avec de petites fleurs en couleur et dans ses cheveux une véritable marguerite sur le côté. Son teint hâlé lui donne bonne mine. Elle est rayonnante. Margot lui propose de faire une petite balade à pied pour profiter de ce bel après-midi. Ils marchent côte à côte pendant un moment, silencieux.

— Tu as l'air fatigué. Mon grand-père est un peu inquiet tu sais ?

— Qu'est-ce qu'il t'a dit ?

— Rien, il est inquiet c'est tout. Il t'aime bien. On pourrait s'asseoir là dans l'herbe, près de l'arbre.

— Si tu veux

Les deux jeunes gens s'installent tout près l'un de l'autre. L'air est doux et le ciel est d'un bleu limpide. Les coquelicots et les petites fleurs laissent échapper un parfum agréable. Jarod regarde la chevelure de Margot qui brille au soleil. Comme dans son rêve, il a envie de prendre des mèches ondulées entre ses doigts, mais il n'ose pas.

— Tu rêves beaucoup toi ? demande Jarod.

— Quelle drôle de question. Ça m'arrive bien sûr, comme tout le monde. Pourquoi, tu rêves souvent toi ?

— Oui. Pourquoi tu ris ? Tu te moques de moi ?

— Non, je ne me moque pas de toi. Tu es fatigué, allonge-toi un instant si tu veux. Mets ta tête sur mes jambes.

Le jeune homme hésite un moment puis s'allonge et en quelques minutes, s'endort profondément. Dans son sommeil, il parle, remue la tête. Il dit des choses incompréhensibles. Margot en profite pour analyser son visage. Jarod a un nez fin, des pommettes hautes, et une bouche bien dessinée. *C'est un beau garçon, il a un charme fou*, en conclut la jeune fille. Elle lui passe la main dans sa chevelure noire et épaisse. C'est bien la première fois que Jarod se laisse aller et s'abandonne aussi facilement. Il vit des jours perturbés et des nuits remplies de songes intenses avec celle qu'il considère comme son amie, sa confidente. C'est la seule qui le comprend, qui l'écoute et qui lui accorde une importance aussi grande. Le jeune homme est toujours surpris par son débit de parole. Il aime sa compagnie qu'il trouve agréable et enrichissante. Dommage qu'elle ne lui dise pas franchement ce qu'elle attend de lui. Jarod doit alors interpréter comme il peut et petit à petit, la lune lui fait comprendre que la solution est en lui et qu'il doit la trouver seul. Elle utilise des métaphores et des sous-entendus qui lui suggèrent qu'il en est très capable.

Les minutes et les heures passent. La cloche de l'église retentit. Il est dix-neuf heures. Margot remue Jarod, il faut rentrer maintenant. L'après-midi est passé et la jeune fille déçue, le secoue de plus belle.

— Jarod, Jarod réveille toi, c'est l'heure de rentrer.

Jarod se réveille enfin. Il met quelques minutes à retrouver ses esprits. Ils se lèvent tous les deux sans dire un mot. Margot ne parle pas, marche d'un pas rapide, l'air renfrogné. Le garçon la regarde, les sourcils froncés.

— Tu boudes ?
— Tu as dormi tout l'après-midi.
— Excuse-moi, j'étais fatigué.
— Dans ce cas, il fallait rester chez toi. Il est dix-neuf heures. Je croyais que nous allions discuter, apprendre à nous connaître. Ce n'était pas le moment de faire une longue sieste.

Margot est pressée d'arriver jusqu'au magasin. Elle ne se tourne pas pour dire « au revoir » au jeune homme qui continue sa route, les mains dans les poches et la tête baissée. Il se sent un peu coupable mais dans son for intérieur, l'attitude de Margot l'agace malgré tout.

Jarod se prépare rapidement pour aller chez Jules, même s'il n'en a pas très envie. Son appartement est son refuge. Il a parfois du mal à sortir, car c'est là qu'il peut être lui-même. Il n'est pas obligé de parler et peut s'évader, changer d'univers devant son ordinateur sans que personne ne lui fasse des reproches. C'est un vrai solitaire. Il en est conscient mais il a du mal à s'en défaire. C'est Jules qui ouvre la porte à son arrivée.

— Ah tu vois Cécile qu'il est venu ! Qu'est-ce qui ne va pas Jarod, tu as l'air agacé, je me trompe ?
— Non, tout va bien Jules.

Autour de la table, il y a une belle ambiance mais sûrement pas grâce aux deux jeunes qui ne s'adressent pas la parole. Jules, de bonne humeur comme toujours, raconte des anecdotes sans nostalgie de son enfance, mais surtout de son adolescence. Il dévoile avec un certain plaisir, toutes les bêtises qu'il faisait à l'école et en dehors avec ses camarades. Il parle aussi du béguin qu'il avait pour Cécile, « l'amour de sa vie », comme il dit.

— J'en pinçais pour Cécile, elle le savait et faisait tout pour me rendre jaloux. Elle ne m'a pas fait marcher, non non, attention, elle m'a fait courir. Et moi, idiot que je suis, je ne m'en rendais pas compte. Ah les femmes ! Elles savent y faire même quand elles sont jeunes, pas vrai Cécé ?

— Ce n'est pas tellement qu'on sait y faire, surtout quand on est jeune. C'est juste que vous êtes de braves idiots, vous les garçons. Et puis, vous voulez jouer les gros durs mais vous n'avez rien dans la tête.

— Mais vous l'entendez ? Jarod qu'est-ce que tu en penses, toi ? questionne Jules.

— Je crois qu'il ne faut pas montrer ses sentiments, sinon c'est une bonne excuse pour qu'on vous fasse du mal. De ce côté-là, il ne risque pas de m'arriver grand-chose.

C'est la première fois que Jarod parle autant devant tout le monde. Il en a plus dit en un instant qu'en quatre années. Jules et Cécile se regardent, interloqués, pas tellement par ses propos mais par l'assurance avec laquelle il s'est exprimé. Il n'a eu aucune hésitation, et il a même donné l'impression de prévenir, d'avertir quiconque aurait une mauvaise intention.

— C'est bien triste à ton âge Jarod, d'avoir ce genre de certitude. Et puis tu sais, c'est la vie. Tu ne peux pas rester seul juste parce que tu as peur qu'on te fasse du mal. Tu peux passer à côté de quelque chose de merveilleux. Regarde Jules et moi, ça dure. Et toi Margot, ma caille qu'est-ce que tu en penses ? demande Cécile qui cherche à animer la conversation.

— Si les autres sont capables de vous faire du mal, on peut, nous aussi faire souffrir, volontairement ou sans le vouloir. On ne se rend pas toujours compte que l'on blesse par nos paroles.

— Et ben tu vois Cécile, les jeunes d'aujourd'hui, je trouve qu'ils sont plus vieux que nous.

Après le repas, Jules retient le jeune homme encore un petit moment. Il a besoin de lui parler, sans personne autour.

— Dis moi, vous vous êtes disputés tous les deux ?

— Pourquoi, qu'est-ce qu'elle vous a dit ?

— Elle n'a pas besoin de me dire quoi que ce soit, vous ne vous êtes pas adressés la parole une seule fois… et…elle t'a encore parlé…la lune ?

— Il se passe des trucs bizarres, mais je n'ai pas trop envie d'en parler. Ce qu'il m'arrive vient peut-être tout droit de mon imagination. Je regarde tellement de films… J'ai du mal à comprendre.

— Non je t'avoue que je ne comprends pas, non plus. Mais, sinon tu te sens comment ? Parce que tu as quelque chose de changé, mais je ne saurais pas te dire quoi. Ce n'est pas dans ton physique, c'est autre chose.

— Je me sens très bien. Je compte sur vous pour n'en parler à personne.

— Ne t'inquiète pas, tu peux me faire confiance. Et je veux que tu saches que tu n'es pas seul, bien sûr on ne remplace pas la présence de ta mère, mais tu peux compter sur nous. Tu sais, notre fille Camille, la maman de Margot, habite à Strasbourg. Ce n'est pas le bout du monde, mais Cécile n'aime plus voyager, depuis deux ou trois ans. Camille nous manque énormément. Elle téléphone toutes les semaines et vient dès qu'elle le peut, ce n'est pas toujours facile. Et toi, on te considère un peu comme notre petit fils, alors quand tu te sens seul par exemple, tu peux dormir ici. Tu viens quand tu veux, ce n'est pas la place qui manque. Et puis Cécile t'aime énormément, elle aussi tu sais.

— Oui je sais tout ça, merci Jules. Il faut que je rentre maintenant. Il se fait tard.

C'est une belle soirée, mais l'air est chaud et à cette occasion, les cigales chantent de concert. Jarod s'assied contre un mur de pierre, plie ses jambes qu'il entoure de ses bras et regarde le ciel rempli d'étoiles. Il est ébloui par ces corps célestes qui brillent dans le noir. Il pourrait rester des heures à les observer, mais il campe là un petit moment, perdu dans ses pensées puis se remet en route.

Dans son lit, Jarod est profondément endormi quand la lune paraît. C'est comme un rendez-vous, ensemble ils tiennent un long conciliabule. C'est leur moment, en quelque sorte. Jarod ne peut y échapper même s'il le voulait. Ils échangent mais c'est surtout la lune qui parle, lui l'écoute. Il est attentif et fasciné par ce qu'il entend. Mais son amie nocturne insiste sur certains sujets. Elle veut faire comprendre au garçon qu'il doit voir plus loin. Elle lui répète encore que sans le savoir, il sait. C'est avec beaucoup de subtilité que la lune essaie de lui faire admettre ce qu'il a du mal à concevoir. Ce qui gêne le plus Jarod et qui le contrarie, c'est le fait de ne pas savoir si ce qu'il vit pendant la nuit est réel. Ne pas être capable de faire la différence entre rêve et réalité lui semble être un gros problème. Est-ce son imagination ? Ou peut-être qu'il invente tous ces scénarios parce qu'il se sent seul. Mais alors d'où viennent toutes ces réflexions ? Le jeune homme constate qu'il mélange tout. Il est dans un état de grande confusion. Tout lui semble compliqué. Il voudrait faire une pause dans sa tête et être en mesure de démêler le vrai du faux. Ce qu'il sait en revanche, c'est qu'il a besoin de la lune et de regarder sur son ordinateur les images qui bougent. Personne ne peut croire que l'on puisse discuter avec celle qui prend la place du soleil, tous les soirs.

4

Jarod se sent terriblement seul, parfois. Il ne sait pas comment le dire et surtout à qui. Bien sûr, il y a Jules, mais il ne peut l'aider. Ce n'est pas facile d'avouer ce genre de chose sans avoir peur des réactions. Sa mère lui manque, avec elle, il aurait pu se confier. Jamais elle ne se serait moquée de lui. Comment faire pour se libérer de cette emprise que l'astre a sur lui ? Cette nuit-là, la lune pose la question qui semble être la plus importante, mais le jeune homme pour la première fois répond sans aucune hésitation.

— Alors Jarod, quand vas-tu te mettre au travail ?
— Demain.

Le petit déjeuner terminé, Jarod part au magasin et se met au travail sans tarder. Il fait un tour dans la réserve et revient pour la mise en rayon. Il étiquette les produits et denrées de toutes sortes et les range sur les étagères. Il profite de mettre de l'ordre dans toute la boutique. Ce matin, le jeune homme se sent mieux, la nuit a été paisible, rien n'est venu la perturber, pourtant la lune était là. Il nettoie le sol et ouvre la porte de l'établissement. La caissière Magalie arrive à l'heure comme toujours et Jules vient aux nouvelles.

— Bonjour Magalie vous allez bien ?
— Oui merci Jules, ça va très bien.
— Et toi Jarod, la forme ce matin ?
— Oui ça va.

Jarod travaille avec un tel entrain qu'il ne voit pas le temps passé. Aujourd'hui, il a de l'énergie. Depuis un certain temps, il manquait passablement d'entrain. Il voyait arriver le jour en se disant que le soir ne viendrait jamais assez vite.

— Je vais jeter les cartons de la réserve et faire l'inventaire si vous êtes d'accord, mais si vous avez besoin que je vous aide à quelque chose, n'hésitez pas Jules.

— Tu es en forme aujourd'hui Jarod, ça me fait plaisir. J'ai un problème avec l'ordinateur. Je vais voir un de mes amis, peut-être qu'il pourra me l'arranger. Avec ces machines, je n'y comprends rien.

— Je peux regarder si vous voulez ?

— Ah bon, tu sais faire ça ? Viens, monte avec moi.

Jules donne l'ordinateur et explique ce qui ne va pas avec ses mots à lui. Jarod concentré n'entend plus rien. Il allume la machine et effectivement il y a un problème. Il éteint le pc et l'ouvre pour voir ce qui ne va pas ; bloc d'alimentation, batterie de mémoire vive, dissipateur thermique, connexion… Il regarde tous les petits composants et semble s'émerveiller devant cet assemblage ingénieux, comme un enfant qui découvre son cadeau. Il aimerait pouvoir tout démonter pour disséquer l'intérieur de l'ordinateur.

— Il faut que vous changiez d'ordinateur, Jules, mais je peux me tromper. Vous l'avez depuis combien d'années ?

— Oh ça fait bien cinq ans que je l'ai, peut-être un peu plus. Quoi, tu crois qu'il va me lâcher ?

— Oui, mais demandez à votre ami pour être sûr. Je ne suis pas un professionnel.

— Dis-moi. Demain soir, la mairie organise un repas, c'est moules frites au village. Tu viens avec nous ? Je suis sûr que Margot sera contente. Je ne sais pas ce qu'il se passe entre vous et je ne veux pas m'en mêler, mais tu sais, elle devra repartir chez elle, alors ce serait bête de ne pas profiter tous les deux.

— C'est gentil Jules, mais je ne viendrai pas avec vous, ce soir.

Jules est tenté d'insister, mais il ne veut pas se montrer trop envahissant. Le jeune homme fait déjà beaucoup de progrès. Cela fait quatre ans qu'il travaille au magasin et c'est seulement maintenant qu'il commence à se rapprocher tout doucement. Il est persuadé que Jarod doit faire un pas vers les autres. C'est lui qui doit prendre l'initiative. Il ne faut pas aller le chercher, il doit venir de lui-même. Ce sera peut-être long mais il y arrivera.

— Bon c'est comme tu veux, mais si tu changes d'avis. Tu vas penser à juste titre d'ailleurs que je suis curieux, mais puisqu'on est seul, qu'est-ce qu'elle te dit la lune ? Parce que d'accord, elle te parle de travail, mais encore, qu'est-ce qu'elle dit d'autre ? L'avenir ?

— C'est vrai que vous êtes curieux. Je vous le dirai peut-être une autre fois. Mais, honnêtement il y a tellement de choses qu'à mon réveil je ne sais plus.

— C'est dans longtemps cette, « autre fois » ?

Le jeune homme a besoin de quiétude. Il a l'impression de trop parler, il n'a pas l'habitude. Il est sorti de sa carapace pour se confier à Jules et le regrette un peu. Ses phases oniriques et perturbatrices qu'il n'arrive pas à comprendre, le rendent vulnérable. C'est trop tard, le mal est fait. Jarod s'en veut un peu de ne pas faire entièrement confiance à cet homme, qui est la gentillesse personnifiée. Après s'être préparé un sandwich avec des tomates et du fromage de chèvre, Jarod s'installe devant son ordinateur. Il n'a pas d'idée précise sur ce qu'il va regarder. Il choisit au hasard, un genre de film, puis un autre, toujours en version originale ; « *La ligne verte* », « *le silence des agneaux* », « *Serpico* » et bien d'autres encore. Le jeune homme est une vraie encyclopédie cinématographique. Devant un film quel qu'il soit, il ne laisse rien passer. Son regard se pose sur tout, et fait un retour en arrière si quelque chose l'intrigue, parce que rien ne doit lui échapper. Peut-être qu'il s'imagine être à la place des acteurs. Il aimerait avoir l'intrépidité de se mesurer aux dangereux criminels, ou sauver le monde à lui tout seul, un peu comme dans les films de sciences fictions avec les aliens. Ce qui est sûr, c'est que rien ne le lasse et tout est passé en revue.

Jarod est un garçon simple. La mode ne l'intéresse pas. Il est grand, mince et s'habille toujours d'un jean, d'un tee-shirt et d'un sweat qui semble un peu grand pour lui. Avec sa démarche nonchalante, on pourrait croire que c'est le calme personnifié. C'est pourtant un jeune homme tendu qui ne sait pas, ce pourquoi il est fait. La vie lui semble compliquée et les gens sont pour lui une énigme. Il ne les comprend pas toujours. Il les observe et se demande souvent ce qu'ils ont dans la tête. Pourquoi font-ils telle chose ou ont telle réaction ? Ce sont des analyses qu'il fait régulièrement sans en être vraiment conscient. Il préfère éviter les contacts avec les autres. Ce qu'il apprécie c'est la solitude, chez lui, là où il se sent le plus en sécurité. Son appartement est son refuge, celui qu'il partageait avec celle qui a laissé un grand vide dans sa vie. C'est dans sa cuisine toute en longueur que sa mère lui préparait les gâteaux qu'il aimait. Il sent parfois des odeurs de vanille flottaient dans l'air. Il se dit que les empreintes d'Hélène sont partout entre ces murs, alors il ne peut s'empêcher d'être nostalgique. Entrer dans sa chambre, lui fait quelque chose. Il ne peut réprimer un sanglot. Il regarde tout autour, puis son regard se pose sur sa commode en guise de coiffeuse. Une brosse à cheveux, un collier de petites perles qu'elle portait souvent et un joli flacon, qu'il ouvre doucement et d'où s'échappe un parfum délicat. Il ferme les yeux. Hélène est là près de lui. Il entend sa voix si douce. Il perçoit sa présence certes fugace mais tellement rassurante.

— Ça va mon chéri ?

— Oui mais tu me manques, j'ai besoin de toi maman, de te parler.

— Je sais, mon chéri, mais tu as Jules et Cécile, quant à moi, je fais attention à toi de là-haut.

Jarod ouvre les yeux. Sa mère n'est pas là bien sûr, mais sa présence semble tellement réelle. Il reste encore un moment dans cette chambre qu'il a encore du mal à vider. Il fait le tour, ouvre l'armoire, touche les vêtements. Puis dans un tiroir, il trouve une jolie boîte en bois. À l'intérieur, il découvre quelques bijoux en or ainsi que des boucles d'oreilles qu'elle portait toujours. Il les effleure de son index puis referme le coffret d'un geste lent.

Depuis son décès, il n'était pas entré dans cette chambre ou si peu. Il s'en occupera plus tard, pour le moment, il ne peut pas.

Jules est inquiet. Cela fait trois jours que Jarod n'est pas venu travailler et qu'il ne répond pas au téléphone. Il décide d'aller le voir. Ce n'est pas dans son habitude de ne pas venir au magasin.

— Alors mon garçon qu'est-ce qu'il se passe, tu es malade ? Si c'est le cas, il faut le dire, on fait venir un médecin. Tu as pleuré ? Tu as les yeux rouges. Tu me trouves peut-être trop indiscret. Il ne faut pas hésiter à me le dire. On se fait du souci pour toi. Tu veux me parler ou tu préfères que je parte ? C'est toi qui choisis. Je ne veux pas m'imposer.

— Non vous pouvez rester si vous voulez.

Jarod n'arrive pas à retenir ses larmes, il n'y peut rien.

— Ta mère te manque, c'est ça ? C'est normal tu sais. Mais petit à petit ça ira mieux. Ce qui ne veut pas dire que tu vas l'oublier, non, ça veut juste dire que tu le supporteras plus facilement. Enfin tu penseras à elle, mais ce sera moins douloureux, en général.

— Oui, elle me manque terriblement. Elle m'écouterait sans se moquer de moi si elle était encore là, et puis, je suis fatigué de tout ça.

— Je t'ai dit que tu peux me parler sans crainte. Est-ce que tu n'arrives pas à me faire totalement confiance ? Si c'est le cas, ça me fait de la peine. Tu peux tout me dire.

— Oui mais pas aujourd'hui d'accord ?

— Quand tu voudras Jarod. Tu sais, nous ne sommes pas allés au repas organisé par la mairie. Margot n'avait pas envie d'y aller. Je me demande bien pourquoi ? Du coup, nous sommes restés tranquilles à la maison. Dis-moi Jarod, il y a une question qui me trotte dans la tête depuis un petit moment. Tu…tu n'as pas envie de contacter ton…ton père…peut-être qu'il…

Jarod interrompt Jules et se lève vivement. Jules est surpris de voir la métamorphose. La physionomie du jeune homme s'est complètement transformée. Ce n'est plus le Jarod qu'il connaît. Le garçon est pris d'une colère irrépressible. Il essaie de se contenir mais le ton monte, même le bleu pâle de ses yeux vire au bleu foncé.

— Je vous interdis de me parler de cet homme, vous entendez ? Je vous l'interdis. Je n'ai pas de père. Je

ne veux rien savoir de lui. D'ailleurs, il ne fait pas partie de mes préoccupations. Alors occupez-vous de ce qui vous regarde. Je sais que vous voulez bien faire, mais je vous demande de partir. Laissez-moi s'il vous plaît Jules.
— Comme tu veux Jarod.

Jules ne sait pas quoi dire. La violence avec laquelle le jeune homme s'est exprimé, l'a choqué. Il sort sans dire un mot, de peur d'en dire trop ou pas assez. Il ne sait plus, mais il est persuadé en revanche que Jarod, même s'il s'en défend, a besoin d'un adulte qui s'occupe de lui.

5

Deux jours passent et Jarod ne refait toujours pas surface. Il reste cloîtré chez lui. Il ne veut voir personne. Il a besoin de temps et d'espace. Des tas de pensées occupent son esprit. Quelque chose se passe dans sa tête. C'est encore confus, mais il sait qu'en prenant le temps de la réflexion, il pourra avec rationalité comprendre ce qu'il a du mal à saisir tout de suite. Le clocher de l'église sonne huit fois quand quelqu'un tape à la porte. Après un instant d'hésitation, Jarod se décide à ouvrir. Margot est là, devant lui, dans une belle combinaison bleue et dans ses cheveux une fleur rouge. Il l'invite à entrer sans la lâcher du regard, Margot ne se fait pas attendre. Elle exige des explications. Elle veut savoir ce qu'il y a entre lui et son grand-père.

— Je ne sais pas ce qu'il s'est passé avec mon grand-père, mais il est triste. Ce n'est pas dans son habitude ni dans son caractère. Alors qu'est-ce que tu lui as dit pour qu'il soit comme ça ?

Margot aurait voulu dire les choses calmement, mais sans le vouloir elle hausse le ton. Elle a des difficultés à contenir sa colère. Elle parle de celui qui s'inquiète pour Jarod, qui est attentif comme le serait un père ou un grand-père. Jarod se place face à elle et la regarde droit dans les yeux. Il est contrarié, lui aussi. Ils sont si près l'un de l'autre, que les visages se touchent presque. Chacun crie pour exprimer son agacement.

— Jules n'a pas à se mêler de ce qui ne le regarde pas. Je ne suis pas de sa famille...

— Il ne veut pas se mêler, il veut t'aider...

— Je sais ça...

— Mon grand-père s'inquiète pour toi. Il est bon, gentil et dévoué. Je ne sais pas ce que vous vous êtes dit, mais je t'interdis de lui faire de la peine, sinon tu auras à faire à moi, c'est compris ? Tu ne me fais pas peur, d'ailleurs tu ne fais peur à personne...

— Je n'ai pas pour ambition de faire peur à qui que ce soit. Alors si quelque chose te dérange chez moi, tu n'es pas obligée de me fréquenter ou de me parler. D'être seul ne...

— Oui je sais, tu aimes être seul. Tu te fiches pas mal des autres. La dernière fois, je pensais que notre promenade serait une bonne occasion pour faire connaissance, que tu me parlerais un peu de toi, mais non, tu as préféré dormir...

— Je crois que je me suis déjà excusé. Qu'est-ce que tu veux de plus ? Qu'est-ce que tu attends de moi ? Tu veux que je me mette à genoux pour implorer ton pardon à cause de ma faute inexcusable...

Malgré elle, Margot laisse couler des larmes sur son visage. Elle ne parle plus. Cela ne servirait à rien, puisque devant elle, se trouve le garçon le plus têtu et le plus insensible qu'elle connaisse. Elle n'y peut rien, quelque chose en lui l'attire et ce n'est pas seulement à cause de son charme ou de son physique agréable. C'est avec un peu d'hésitation, que Jarod essuie d'un geste très doux, les joues de la jeune fille sans la quitter des yeux.

— Tu es un garçon étrange.

Jarod ne répond pas. Il ferme les yeux et pose son front sur celui de Margot. Ils restent là, quelques minutes, sans bouger ni parler. Tout en restant à son contact, il attrape les mains de la jeune fille qu'il tient fermement.

— Excuse-moi Margot. Je ne voulais pas faire de peine à ton grand-père. J'ai beaucoup de respect et d'affection pour Jules. Je serai toujours là pour lui et Cécile et…pour toi aussi.

Les deux jeunes gens face à face se regardent pendant un instant. Jarod aurait aimé la serrer dans ses bras, mais il reste dans la retenue. Il a besoin de vider son sac car tout lui semble soudain étrange. Il prend le risque de se confier à Margot, de lui raconter ce qu'il vit depuis un certain temps avec la lune. Il lui explique toutes les conversations qu'ils ont tous les deux. Margot n'est pas surprise, ni choquée. Elle écoute attentivement, ce qui rassure le jeune homme. Il lui confie son besoin de faire quelque chose, pourvu que ce soit nouveau, mais il ne sait pas quoi…

— Je ne sais pas ce que je dois faire, je suis perdu. Je sens que je ne suis pas là où je devrais être. Cela dit, j'aime travailler avec ton grand-père. Il pourra toujours compter sur moi.

— Je suis sûre que tu finiras par trouver ta voie, Jarod.

Au magasin, le garçon travaille toujours de la même manière, organisée et avec soin. Ce n'est pas un perfectionniste, mais pour lui un travail inachevé n'est pas acceptable. Alors il s'astreint toujours à finir ce qu'il a commencé pour passer à autre chose. Il décide, avec l'accord de Jules, de changer l'agencement de la boutique. Il a une méthode particulière, ce qui étonne aussi Magalie la caissière.

— C'est nettement mieux, je l'admets volontiers. Tu as de la suite dans les idées mon garçon. Je ne suis pas encore vieux, mais c'est vrai que je ne fais pas assez attention à ces choses et c'est certainement une erreur.

Jarod finit son travail un peu plus tôt ce jour-là. Il décide alors de faire un tour à l'épicerie. Il passe dans tous les rayons et achète des boîtes de conserve et quelques fruits. Malgré une chaleur étouffante, il s'installe un petit moment au café de la poste sous un parasol et commande une menthe à l'eau bien fraîche. Plus loin, à une autre table, des touristes discutent et rient. Une demi-heure plus tard, il se met en route en pensant à la bonne douche qui le requinquera. Quand il est dans son village, il ne peut s'empêcher de penser qu'il a de la chance, car nulle part ailleurs, on trouve un endroit aussi idyllique. Il aime cet environnement et l'imagine dans les années début 1900. Il se demande souvent, s'il serait capable de partir un jour, loin d'ici.

Comme à son habitude, Jarod ouvre son ordinateur et regarde cette fois, un film catastrophe où la psychologie a une grande importance. Il est attentif, rien ne lui échappe. Les éléments petit à petit se déchaînent. On pourrait croire que le monde est sur le point de disparaître. Les acteurs doivent faire face au bouleversement imminent et chacun avec sa sensibilité et sa hardiesse devra surmonter cet évènement qui, pour certain, sera un point final. Pour les survivants, c'est la résilience, puiser au fond de soi la force pour surmonter le traumatisme. Quand arrive le mot « fin », Jarod est un peu déçu. Il manquait quelque chose à ce film pourtant, il l'inspirait. *La résilience.* Il faut pouvoir vivre sa vie en s'efforçant de ne pas sombrer, au contraire il faut résister, en ressortir plus fort pour continuer d'exister. C'est une chose qui lui avait échappé jusque-là. Toute sa vie, le jeune homme a refoulé le passé pour se protéger. Ce passé qu'il a oublié parce qu'il a pris soin de l'enterrer dans sa mémoire pour toujours.

  Avant d'aller se coucher, Jarod ouvre la fenêtre et cherche son amie la lune. À chaque fois qu'elle lui fait faux bon, il ressent de la déception. Il lui en veut, parce qu'il ne lui a rien demandé. C'est elle qui est venue au-devant de lui la première. Un jour, sans crier gare, elle a fait irruption pendant son sommeil. Finalement, elle fait ce qu'elle veut, arrive et repart selon son envie. *Elle me prend pour un pantin.* Dépité, il va se coucher dans son lit, et bien qu'il essaie de garder les yeux ouverts, ses paupières sont si lourdes qu'il finit par s'endormir profondément. La lune ne tarde pas à se montrer. Elle chuchote comme à son habitude.

— Tu es fermé Jarod !

— Pourquoi je ne t'ai pas vue ce soir, dans le ciel ? À quoi tu joues ? Tu me prends pour un idiot, c'est ça et tu t'en amuses. Tu viens et tu repars, mais qu'est-ce que tu me veux à la fin ? Pourquoi tu ne viendrais pas quand MOI, j'en ai envie ? Pourquoi tu ne veux rien me dire ? À chaque fois que je te pose une question, tu réponds par énigme. Parle franchement. J'en ai marre des devinettes. Je suis malade, c'est ça ?

— Tu ne te connais pas, Jarod.

— Quoi ?

La lune s'éloigne et avec elle, les mots retentissent de plus en plus inaudibles.

— Tu ne te connais pas, Jarod ! Tu ne te…

Le jeune homme se réveille en sursaut. Il est en transpiration, assis dans son lit. Les mots résonnent encore dans sa tête. Il prend son visage entre ses mains et essaie de concentrer. *Je ne me connais pas ? Qu'est-ce que ça veut dire ? Je ne suis pas fou sinon les autres le verraient.*

6

Jarod est bien décidé à parler à Jules. Il a besoin de comprendre. Il ne peut pas continuer comme ça, sinon la folie le prendra pour de bon. Arrivé au travail, il s'organise et entreprend les choses les plus urgentes. Il s'active et part dans tous les sens avec entrain. Dans le magasin, il y a des clients, mais il est tellement absorbé par ce qu'il fait, qu'il ne s'en rend pas compte. De temps en temps, il va à la seconde caisse pour aider Magalie quand elle le sollicite. Ils se parlent très peu tous les deux. Elle ressent un peu de jalousie à cause de la complicité qu'il y a entre le patron et le jeune homme. Elle ne s'en cache pas. Cela fait une dizaine d'années qu'elle connaît Jules. Il est gentil avec elle, mais il n'est pas comme avec Jarod.

Il est dix-huit heures. Le garçon décide de monter à l'appartement en espérant y voir Margot. C'est Cécile qui ouvre la porte.

— Ah Jarod ! Ça me fait plaisir de te voir, mais je suppose que c'est avec Jules que tu veux discuter. Je me trompe ? Je vais finir par être jalouse, tu n'en as que pour lui.

— Non Cécile, ne dites pas ça. Je suis content de vous voir.

— Je plaisante. Assieds-toi, il ne va pas tarder.

— Et…

— Et Margot aussi. Tiens, goûte cette citronnade comme elle est bonne. Ah les voilà je les entends. Tu es sauvé !

Le garçon regarde Cécile avec un air attendri. *Ils se sont bien trouvés ces deux-là, aussi gentils l'un que l'autre.* Quand elle rentre, Margot fait un petit clin d'œil discret à son amoureux, puis s'éloigne.

— Tu pourrais dire bonjour à Jarod, Margot, dit Jules innocemment.

— Mais oui papy, je lui ai fait un petit signe.

— Jarod, je suis content, viens on va dans le bureau. Assieds-toi à côté de moi sur la banquette. Alors, comment ça va toi ?

Jarod préfère rester debout et fait les cent pas. Il va de Jules jusqu'à la fenêtre, puis revient près de son patron. Il ouvre la bouche mais ne dit rien, puis repart. Jarod ne sait par où commencer. Ce que lui a dit la lune l'a fait réfléchir.

— Pour l'amour du ciel, Jarod, assieds-toi. J'ai l'impression d'être sur un bateau, là ! On dirait un lion en cage, ça ne va pas ? C'est ta copine ?

— Non, tout va bien avec Margot, Jules.

— Mais non je te parle de la lune. Tu sais, parfois je me fais du souci. Il m'arrive de croire que tu mélanges tout. Tu n'es pas fou, mais par contre, tu es littéralement dans la lune pour le coup.

Jules observe le jeune homme, les sourcils froncés. Il se doute, avec une certaine joie d'ailleurs, qu'entre sa petite fille et lui, il se passe quelque chose, mais il préfère jouer l'idiot. Depuis le début, Jules sent bien que Jarod n'est pas quelqu'un qu'il faut prendre de front. Non, instinctivement, il a compris qu'il faut y aller en douceur, comme quand on veut s'approcher d'un animal, pas encore bien apprivoisé. Le garçon n'aime pas être forcé. Il faut le laisser venir, l'attendre avec patience. Puis un jour, il sonne à votre porte. Mais aujourd'hui le comportement du jeune homme l'intrigue.

— Alors Jarod, tu vas me dire...
— Il faut que je consulte.

Jules fixe Jarod pendant un instant, sans dire un mot. Ce n'est pas l'incompréhension de son patron qui mais son air médusé.l'amuse un peu,

— Sois plus clair, je ne comprends pas. Vous les jeunes, vous parlez bizarrement parfois.
— Je dois consulter, voir un psychiatre. Je sais que je ne suis pas fou, enfin j'espère, mais j'ai enfin compris que je devais faire le point sur moi-même.
— Ah mais désolé de t'interrompre mon garçon, mais je te le confirme, tu n'es pas fou. Tu n'as pas besoin d'aller...
— Si, j'en ai besoin. Désolé de vous interrompre Jules, mais ne soyez pas vieux jeu, avant les psys, c'était pour les fous, mais plus maintenant. La lune m'a dit que je ne me connais pas. Elle a peut-être raison vous ne croyez pas, Jules ? Aidez- moi s'il vous plaît, je suis perdu. Je ne sais pas ce que je dois faire.

— C'est peut-être une bonne chose après tout. Cela ne peut pas te faire de mal. Alors il faut trouver un bon médecin. Je vais me renseigner, et ne t'en fais pas et si tu es d'accord, je viendrai avec toi.

— Merci Jules, heureusement que je vous ai. Mais… vous avez changé d'ordinateur ?

— Oui, comme tu m'as envoyé balader l'autre jour quand je t'ai parlé de ton… enfin du coup, je ne te l'ai pas dit et ensuite, j'ai oublié. Tu avais raison, il fallait que je le change.

Le bureau de Jules est une pièce spacieuse d'où l'on peut sentir un léger parfum fleuri de produit ménager. Jarod n'a pas de mal à comprendre que Cécile ne s'occupe pas du meuble un peu poussiéreux, d'où s'entassent des dossiers et papiers posés à la va-vite à côté de l'ordinateur. Son regard se pose un peu partout, puis s'attarde un instant, le sourire aux lèvres, devant les quelques dessins de Margot qu'elle avait réalisés, quand elle était petite. Ils sont accompagnés de mots tendres dont l'écriture maladroite est une explosion de couleurs. Sur le mur d'en face des cadres plus ou moins grands sont accrochés un peu partout au-dessus de la banquette rembourrée. Ce sont des photos de famille, certaines récentes et d'autres en noir et blanc. Des souvenirs qui traduisent un bonheur évident que l'on a peut-être peur d'oublier avec le temps. Le tout baigne dans une belle clarté grâce à la large fenêtre en aluminium.

Comme Jarod les regarde une à une, Jules commente, explique qui sont tous ces gens. Il y a aussi la photo de mariage que le jeune homme contemple pendant plusieurs minutes. Il semble soudain ailleurs, perdu dans ses pensées. Jules se demande souvent ce qu'il peut bien se passer dans la tête de ce brave garçon. Il a l'air tellement triste, dépassé. On sent une certaine fragilité qui donne envie de le prendre sous son aile, de le protéger. Jarod s'installe sur la banquette sans dire un mot, les sourcils froncés, comme s'il faisait un effort pour retrouver des souvenirs. Jules ne comprend pas pourquoi l'expression du visage de Jarod a changé.

— Tu veux me dire autre chose ?

Jarod soudain sombre et renfermé sur lui-même répond à peine en faisant "non"de la tête, accompagné d'un petit « non » à peine perceptible. Pour lui faire plaisir et lui changer les idées, Jules lance une invitation pour le soir même. Ce sera la première fois qu'ils sortiront tous les quatre ensemble.

— Je viens d'avoir une idée. Ce soir, je vous emmène chez Hugo ?

— Ah non, je n'aime pas aller chez les gens que je ne connais pas.

— Mais non, Hugo, « la pizzéria Hugo », tu connais quand même, non ?

— Ah oui ! Non, je n'y suis jamais allé.

— Bon alors si tu veux vraiment me faire plaisir, tu acceptes l'invitation sans tergiverser, d'accord ? Ce soir, à dix-neuf heures trente, je vous y emmène. Je suis sûr que tu vas aimer.

Jarod prend une douche et s'installe sur son lit pour regarder un film. Cette fois le cœur n'y est pas, quelque chose le perturbe. La lune parle par énigme, elle utilise des métaphores comme si, lui, Jarod, était un grand spécialiste. Elle philosophe avec lui, sort des théories, manipule les mots avec une telle facilité et intelligence qu'il se demande si elle ne s'est pas trompée de personne. Pourtant, elle l'appelle par son prénom, elle le connaît. Mais si c'est le cas, pourquoi lui pose-t-elle autant de questions ? Elle semble déjà tout savoir de lui et sur le reste aussi. Pourquoi vient-elle lui parler maintenant ? Est-ce qu'il est le seul à avoir ce privilège ou cette maladie ? Jarod a du mal à croire qu'il y ait quelqu'un dans ce monde qui soit capable de répondre à ses questions, sans le prendre pour un fou, un idiot ou un illuminé.

C'est l'heure de partir. Le jeune homme a maintenant le cœur qui bat la chamade. Margot sera là ce soir. Ils passeront sûrement une soirée agréable. Il veut laisser de côté tout ce qui le perturbe, car en vérité, il a peur d'éloigner la jeune fille de lui. Il serait trop malheureux sans elle. La première fois, au repas, il n'écoutait pas ce qu'elle disait, il était incapable de détourner son regard de sa chevelure et de son doux visage. Margot est une jeune fille gracieuse et pleine de vie. C'est son rayon de soleil.

7

Il est dix-neuf heures trente, tous sont réunis pour se mettre en route. Comme à son habitude, le couple parle et plaisante pendant le petit trajet. Il fait un temps magnifique. Les cigales chantent à tue-tête, et les parfums des fleurs s'ajoutent à ce décor merveilleux. Il y a une atmosphère agréable. La « pizzéria Hugo » se trouve à un petit kilomètre de Goult, qu'ils décident de faire à pied. Quand ils arrivent, il y a déjà du monde et la musique donne une ambiance festive. Jules choisit une table à l'extérieur. Le jeune homme regarde partout. Il ne cache pas son étonnement de voir autant de monde, tellement habitué à rester seul chez lui. Il se sent détendu, bien entouré. Le serveur apporte le menu au petit groupe. Il y en a des choses, choisir est difficile et comme Jarod n'est jamais venu, Jules lui conseille la pizza au basilic, nommée « la plage d'argent ».

— C'est vrai Jarod, elle est super cette pizza, d'ailleurs je prends celle-là papy.

— Et toi Cécé qu'est-ce que tu choisis ? Ne me dis pas que tu prends encore le fameux « plats pieds paquets » aux tripes, cuisinées à la provençales ». Change un peu, je sais que c'est bon, mais il faut varier. Il y a le choix !

— Et oui je sais, mais qu'est-ce que tu veux, j'adore ce plat. Les pommes de terre bouillies c'est tout simple mais je me régale. Toi tu n'en prends jamais et pourtant tu devrais.

— Et bien c'est d'accord, voilà tu es contente, aujourd'hui je vais faire honneur à ton fameux plat.

La présence de la jeune fille à ses côtés, procure du bonheur à Jarod. *Que serait-il sans elle ? Quelle chance il a de l'avoir tout près de lui.* Jules, impatient, passe la commande tout en se frottant les mains. Amusés, les jeunes gens regardent le couple. *Ils sont tellement adorables. On ne s'ennuie pas avec eux.* La soirée s'annonce agréable. Il y a une sacrée ambiance avec la musique à fond, ce qui n'est pas pour déplaire à Jarod et Margot.

— Ah voilà les plats ! Alors, bon appétit à tous. Jarod tu me diras ce que tu penses de ta pizza, moi j'ai une faim de loup. Heureusement que je suis servi sinon j'aurais été obligé de te manger, ma Cécé.

Pendant quelques minutes, personne ne parle, chacun déguste son plat en silence. Jules attend que Jarod donne son avis. De temps à autre, il le regarde secrètement pour voir l'expression de son visage. Le jeune homme n'est pas un grand bavard et ce n'est pas toujours facile de savoir ce qui trotte dans sa jolie tête. Même Margot et Cécile attendent le verdict. Ce sont tous de fins gourmets dans la famille et être autour de la table est un moment de partage et de convivialité. C'est important de se réunir pour être ensemble. Il faut savoir apprécier les bonnes choses de la vie. Tout le monde discute de tout et de rien.

— Hm ! Mais…c'est une vraie poésie cette pizza ! Qu'est-ce que je dis, c'est plus que ça, c'est une symphonie ! déclare Jarod.

Jules force sur l'intonation et son accent et fait mine d'être vexé.

— Attends, tu te moques de nous là, non, mon garçon ? ATTENTION, on ne plaisante pas avec la pizza « la plage d'argent ». Ce serait faire offense.

— Mais non, je sais que pour vous la cuisine, c'est sacré. Je ne plaisante pas, j'adore cette pizza, elle est fabuleuse. Au départ, j'étais un peu sceptique, mais je me régale. Je vous remercie de m'avoir invité, c'est une belle soirée. En disant ces derniers mots, son regard se tourne vers Margot qui rougit un peu. Oui c'est une belle soirée. Jarod n'a besoin de rien. Il est heureux parmi ces personnes aussi bienveillantes les unes que les autres. À cet instant, il a l'impression d'être quelqu'un d'autre. Le monde va et vient, la pizzéria ne désemplit pas. Il y a comme un air de fête qui met tout le monde de bonne humeur. Après un moment de battement, chacun fait son choix pour le dessert. Tous prennent un tiramisu, sauf Margot qui choisit une belle glace vanille et noix de coco avec de la chantilly.

— Alors, tu te régales ma caille jolie ? demande affectueusement Cécile.

— Oui mamie c'est très bon, mais j'avoue que je cale un peu.

Le repas est terminé. Ils restent encore un moment pour discuter, puis repartent tranquillement à pied, direction le village. L'air est doux, c'est agréable, car parfois la chaleur est si forte qu'elle en est incommodante. Ils ont bien choisi le jour pour sortir. Cécile et Jules marchent bras dessus, bras dessous. Margot et Jarod se donnent la main discrètement. Les fenêtres des maisons sont grandes ouvertes. Des gens se promènent et d'autres à vélo passent et font retentir les sonnettes pour annoncer leur arrivée. Il y a toujours de l'animation dans ce village en été. C'est un endroit où il fait bon vivre. On entend des rires plus loin, de la musique. Jarod instinctivement regarde le ciel, Jules aussi. Il prend l'habitude de lever la tête le soir, pour voir si la lune est présente, peut-être qu'elle lui parlerait, à lui aussi. L'histoire de Jarod, l'intrigue. Il est toujours curieux de savoir ce que va lui raconter le jeune homme. Il respecte la confiance qu'il lui porte et pour rien au monde, il ne le trahirait. Dans son for intérieur, il ne peut s'empêcher de penser par moment que le garçon est peut-être malade. C'est une possibilité. Bien sûr, il ne dit rien, d'abord parce qu'il n'est pas médecin, ensuite il ne veut pas inquiéter. Mais converser avec la lune, tout de même, ce n'est pas banal. Il doit bien y avoir une explication rationnelle. Cela dit, depuis que Jarod est en contact avec sa « nouvelle amie », il y a quelque chose de changé, ça on ne peut pas le nier. C'est incontestable.

    Il est temps de se séparer, chacun rentre chez soi, satisfait. Demain est un autre jour. Le jeune homme n'a pas l'habitude de sortir et de voir autant de monde. Il est fatigué, il prend une douche rapide et va se mettre au lit sans tarder. Il pense à Margot qui était magnifique ce soir avec sa robe bleue et surtout ses cheveux relevés en chignon agrémenté d'une fleur jaune. Son visage hâlé fait ressortir ses grands yeux marron et le rose naturel de sa bouche. Jarod sait que Margot devra partir un de ces jours, mais il ne veut pas se focaliser sur ce départ inévitable. Petit à petit, le jeune homme s'endort. Il rêve énormément. Les scènes défilent comme un film devant ses yeux. Il n'arrive pas à suivre, ça va trop vite, un peu comme la lune, quand elle parle. Puis cette dernière apparaît.

— Jarod.

En haut du sommet, Jarod hurle.

— Où je suis ? J'ai le vertige, je vais tomber…j'ai peur…où…

— Jarod…Jarod, n'aies pas peur.

— J'ai le vertige, …je vais tomber, je te dis… aide-moi…

— Non Jarod, regarde tout autour de toi, …Jarod, regarde autour de toi…

Le jeune homme est terrifié, il est si haut. Sa bouche est entrouverte, il a le souffle court. Son cœur bat très fort dans sa poitrine. Ses yeux sont remplis de larmes. Il a peur. Il ne sait pas où il est, ce qui lui arrive. Il crie, mais la lune n'y prête aucune attention. Elle continue de parler calmement. Elle patiente pour que Jarod l'écoute, qu'il fasse ce qu'elle lui demande.

— Dis-moi où je suis... j'ai le vertige... je vais tomber...

— N'aies pas peur Jarod. Tu es sur le toit du monde. Tu ne risques rien. Regarde tout autour de toi et vois le monde comme personne ne l'a vu jusqu'ici.

Le jeune homme n'arrive pas à se calmer, mais il regarde et tourne lentement sur lui-même pour voir tout autour. Sans geste brusque, il s'exécute. Sa respiration est bruyante. Il ne peut se concentrer. Il observe, mais ne comprend pas ce que lui veut la lune. Si seulement elle lui expliquait les choses simplement.

— Où tu vas...reste là, ne me laisse pas, ne me laisse pas je te dis...hurle Jarod.

La lune s'éloigne tout doucement et laisse le jeune homme seul, sur le toit du monde. Il crie, il hurle encore et se réveille comme quelqu'un qui est sur le point de tomber dans le vide. Les yeux grands ouverts, Jarod essuie ses joues et sanglote. Il est seul, personne ne peut l'aider, comprendre sa détresse. Il est convaincu d'être malade maintenant. C'est la folie qui le guette. Elle s'installe lentement pour le piéger. Il ne peut rien y faire et personne ne peut le sauver. Il s'allonge, regarde le plafond et finit par se rendormir. Le lendemain matin, il ne se lève pas pour aller travailler. Il ne veut voir personne. Il garde les volets fermés pour rester dans l'obscurité. Il préfère éviter d'entrevoir son visage dans le miroir, celui d'une personne déséquilibrée.

8

Jules est inquiet. Il téléphone à Jarod qui ne répond pas. Il décide d'aller frapper à sa porte qui reste close. Un jour, deux jours, le troisième jour, Jules revient à la charge et menace d'appeler les pompiers. Le jeune homme lui demande de partir. Il ne veut pas ouvrir. Il n'a pas envie de discuter parce qu'il ne se sent pas bien. Il allume son ordinateur pour écouter de la musique, « le boléro de Ravel ». Il aime entendre le son léger et doux du tambour, puis la flûte qui l'accompagne, la clarinette. La musique monte crescendo en intensité. Il y a quelque chose dans cet air qui le détend. Il l'aide à retrouver un certain équilibre. La grande musique l'accompagne à chaque fois que son mental est au plus bas. Elle lui permet de se recentrer, de reprendre contact avec ce qu'il a l'impression d'avoir laissé en cours de route. Il a besoin de ces moments. Ils sont nécessaires s'il ne veut pas perdre pied. Il ressent cela comme une évidence. De son côté, Jules décide de se mettre à la recherche d'un bon médecin. Il faut une personne calme et patiente qui saura faire parler Jarod. Il note plusieurs noms et numéros de téléphone et contacte tous les psychiatres de la région.

Jules et Cécile sont mariés depuis quarante-trois ans. C'est un couple heureux qui semble être marié depuis peu. Ils sont si attentifs l'un envers l'autre, toujours à se dire des mots gentils. Ils ont pris Jarod en affection presque tout de suite, quand il avait dix ans. La mère de ce dernier, Hélène, était une personne très discrète et craintive. Elle ne sortait pas beaucoup. Le couple se demandait si la jeune femme avait peur du monde, ou si c'était seulement une question la timidité. Ils essayaient de l'aider mais elle n'acceptait pas grand-chose et parlait peu. Elle était douce et prenait soin de son petit garçon, mais elle semblait avoir une santé fragile. C'est quand il a dix-sept ans que Jules propose à Jarod de travailler dans le magasin. Le couple est connu dans le village et estimé aussi. Ils connaissent quasiment tout le monde. Il est difficile de ne pas les apprécier car ils sont la gentillesse personnifiée. Jules et Cécile sont de bons vivants. Ils aiment inviter leurs amis, faire des balades, danser même. Leur fille Camille est infirmière, ils parlent beaucoup d'elle en des termes élogieux, elle leur manque bien sûr. Quand elle est là, ils font tout pour la gâter, lui faire plaisir. Ils profitent un maximum de sa présence et celle de leur petite fille Margot.

 Après deux heures de recherches et de nombreux appels téléphoniques, Cécile intriguée, demande à Jules, ce qu'il veut au juste.

— J'ai enfin trouvé un médecin pour le petit.

— Qu'est ce qu'il a, il est malade ? Tu ne me l'as pas dit.

— Non, non il n'est pas malade, mais il s'est enfermé chez lui, depuis deux ou trois jours et…

— Mais enfin, pourquoi tu ne me dis rien, Jules ? Je vais aller le voir moi, le petit et tu verras qu'il m'ouvrira.
— Ah non, ça m'étonnerait. Il est têtu comme une mule. Tiens, tu pourrais être sa grand-mère !
— Mais oui, je suis têtue et je le revendique. Tu vas voir, il va m'ouvrir la porte à moi. À tout à l'heure mon chéri.

Cécile part sans attendre chez Jarod. Elle sait que le jeune homme n'osera pas la laisser dehors et elle est un peu agacée que son mari ne l'ait pas avertie. Cécile est une femme qui a du caractère. Elle ne baisse jamais les bras. Elle achète un chou à la crème pour Jarod et une tarte au citron pour elle. *On discute plus facilement devant une douceur*, se dit Cécile. Elle marche d'un pas énergique malgré la chaleur. Il n'y a pas un brin de vent et le soleil est particulièrement généreux. Arrivée devant la porte du jeune homme, Cécile s'annonce.

— Jarod, c'est Cécile. Ouvre-moi s'il te plaît. Tu ne vas pas me laisser derrière la porte, j'espère ! Et puis, je ne suis pas contente du tout, parce que tu ne sors pas de chez toi et personne ne me le dit. Je ne dois pas beaucoup compter pour toi Jarod.

— Pourquoi vous dites ça, bien sûr que vous comptez pour moi Cécile.

— Alors ouvre moi s'il te plaît.

Quelques minutes plus tard, Jarod ouvre la porte. Il ne sait pas quoi dire. Cécile l'intimide un peu. Elle le regarde avec un grand sourire et lui montre la boîte de gâteaux. Il la laisse entrer et la suit des yeux, les sourcils plissés. Il ne sait pas ce qu'il va bien pouvoir lui raconter. Il n'a jamais vraiment discuté avec elle. Jarod n'est pas bien. Il a la tête ailleurs et a un a priori négatif sur les capacités de Cécile à comprendre son problème. Il a peur de lui en parler. Il ne le sait pas mais elle le connaît mieux qu'il ne le pense. Elle n'est au courant de rien concernant ses rêves, mais elle l'a assez observé pour savoir que le jeune homme est torturé. C'est une femme très observatrice. Les mimiques et la gestuelle des gens en disent assez long. Mais elle doit bien se l'avouer quand même, *ce garçon est difficile à cerner*. La psychologie l'a toujours intéressée et jusque-là, elle s'est rarement trompée sur les personnes. Elle s'assied et demande à Jarod de s'installer en face d'elle. Il hésite mais finit par faire ce qu'elle demande.

— Je t'ai acheté un chou à la crème. Je sais que tu les aimes. Jarod, loin de moi l'envie de vouloir être indiscrète, mais tu vas me dire ce qu'il se passe dans ta vie. Tu es tourmenté, alors si c'est vrai que tu as de l'estime pour moi, tu vas me dire ce qui ne va pas. Je sais que je t'intimide, et je dois t'avouer que cela me surprend, mais tu vas dépasser tout ça et me parler.

Pendant un instant, Jarod ne dit rien. Il regarde Cécile, surpris par son jugement. Les sourcils toujours froncés, il l'observe manger sa tarte au citron. Il essaie de trouver quelque chose à dire, mais rien ne vient. Il a peur de ce qu'elle pourrait lui répondre, de sa réaction. Décontenancé, il mange son gâteau sans la quitter du regard. Cécile a envie de sourire, mais se retient. Elle a trop peur que le jeune homme l'interprète mal. Il pourrait croire qu'elle se moque de lui. Les minutes passent dans un silence total. Elle veut que Jarod sache qu'elle est prête à l'écouter, et l'aider si elle le peut. Elle a tout son temps, il finira bien par se décider. Il faut avoir de la patience et elle en a à revendre.

De longues minutes sont passées quand Jarod se décide enfin à parler.

— Qu'est-ce que vous voulez que je vous dise au juste ?

— Ce qui t'angoisse et ne t'avise pas de me dire que je me trompe. Je sais que j'ai raison, alors dis-moi, qu'est-ce qui ne va pas ?

— Vous allez vous moquer de moi.

— Mais non voyons, tu ne me connais pas du tout, sinon tu me ferais un peu plus confiance.

— Toutes les nuits je rêve de la lune. Nous discutons longuement tous les deux. Elle me pose beaucoup de questions alors qu'elle sait déjà tout de moi. En principe, c'est lorsque je suis endormi, mais elle m'a aussi parlé quand j'étais devant la fenêtre, le soir. J'étais réveillé…enfin…je crois…

Jarod ne dit plus rien. Il attend la sentence, le mot désagréable ou la menace de le faire hospitaliser. Il regarde Cécile qui n'a aucune expression particulière. Il ne comprend pas pourquoi elle reste silencieuse. Quelques minutes s'écoulent encore quand Jarod reprend son discours.

— Vous savez, j'aime quand la lune me parle. Elle fait attention à moi. Elle me connaît. Je suis déçu quand je ne la vois pas…dites quelque chose s'il vous plaît… vous pensez que je suis fou ?

— Non tu n'es pas fou, si tu l'étais tu, je crois que tu ne poserais pas la question. J'ai entendu Jules qui parlait au téléphone avec divers médecins, parce qu'il en veut un de bien, de compétent pour toi. J'ai la certitude que c'est une excellente idée de consulter et je crois savoir qu'elle vient de toi. Tu es un garçon intelligent, ça ne m'étonne pas.

— Vraiment, vous êtes sérieuse ? J'ai peur, vous savez. Qu'est-ce que le docteur va penser de moi ?

— Il n'est pas là pour juger mais pour aider Jarod. Alors maintenant, tu vas arrêter de t'enfermer pendant des jours, dès que quelque chose ne va pas. Ce n'est pas bon pour toi et cela nous inquiète, d'accord ? Bon, il faut que je te laisse. À demain Jarod. Je suis contente d'avoir eu cette petite conversation avec toi.

— Merci beaucoup Cécile. À demain.

9

Jarod, assis au bord de son lit, repense à la conversation qu'il a eu avec Cécile. Il n'aurait jamais imaginé pouvoir se confier à cette femme si gentille mais si intimidante aussi. Elle ne s'en rend peut-être pas compte, mais il y a quelque chose d'extrêmement sérieux chez elle, qui est pourtant une personne gracieuse. Elle a une présence et dégage une certaine force, ce qui met une barrière entre elle et les autres, alors qu'elle n'attend qu'à être approchée. C'est un sentiment que Jarod a du mal à exprimer, mais cette barrière est définitivement éclatée. Il n'aurait jamais cru pouvoir lui confier tout ce qu'il vit, tous ses rendez-vous nocturnes avec la lune. Cécile sait manifestement s'y prendre et Jarod découvre qu'elle le connaît presque mieux que Jules et cela le surprend beaucoup. Il se rend compte qu'elle a toujours fait attention à lui, malgré le peu de contact qu'il a eu avec elle. Il prend enfin conscience qu'il n'est pas seul. Des gens s'intéressent réellement à lui, s'inquiètent pour lui et sont prêts à l'aider.

Il est dix-neuf heures trente. Jarod ouvre une boîte de conserve et pense à cette pizza qui était si bonne. Il a bien l'intention d'y retourner à cette fameuse « pizzéria Hugo ». Il se souvient de tout ce monde qu'il y avait en terrasse alors que lui s'isole la plupart du temps, écoute de la grande musique pour se préserver. Jarod a parfois des flashs de quelques secondes. Il sent qu'il connaît les raisons de son mal-être, mais il n'arrive ou ne veut pas les voir. Si la lune a les réponses, pourquoi ne pas lui dire, *il gagnerait du temps.* Il aimerait voir Margot mais décide d'allumer son ordinateur. Il respire profondément et essaie de se détendre. La capacité de Cécile à analyser les gens l'a rendu curieux, et les reportages sur la psychologie ne manquent pas. Les uns derrières les autres, il les regarde et écoute avec attention puis finit par s'endormir. Il rêve intensément cette nuit-là, puis son amie la lune arrive comme à son habitude.

— Jarod…

— Oui

— Un pas après l'autre, Jarod.

— J'ai fait un pas de géant.

— Un pas à ta mesure.

— Je suis fatigué de tous ces rêves. Ils sont si réels…ils m'épuisent…

— Tu ne te connais pas Jarod…tu ne te connais pas…tu ne te connais pas…

Plus la lune s'éloigne et plus les paroles sont imperceptibles. Jarod n'a pas le temps de lui poser des questions. Elle le laisse sans aucun commentaire. Il ouvre les yeux et n'arrive pas à se rendormir. La nuit paraît longue, mais malgré son manque de sommeil, le jeune homme se lève sans difficulté de bonne heure pour aller travailler. Sortir lui fait du bien. Il apprécie ce moment de calme, quand le monde semble encore tout endormi.

L'air est déjà très chaud ce matin, la chaleur promet d'être difficilement supportable. Pendant les premières heures de l'après-midi, les touristes ont du mal à affronter les températures avoisinant 37°. Il n'y a pas grand monde dans les rues et c'est quand un semblant de fraîcheur bienfaitrice arrive en fin de journée que le village sort de sa torpeur. Au magasin, Jarod s'affaire. Il connaît son travail par cœur. Ce matin-là, il ne s'arrête pas une seule fois pendant la matinée. C'est à midi trente que Jules l'invite pour le déjeuner. Margot l'accueille avec son plus beau sourire et l'informe qu'elle repartira à Strasbourg un peu plus tard, ce qui ravit le jeune homme qui ne montre rien. Le repas est un délice comme toujours. Il apprécie les plats faits maison, et reprend volontiers tout ce que lui propose Cécile.

— Si j'habitais chez vous Cécile, je pèserais lourd sur la balance.

— C'est gentil Jarod, ça me fait plaisir de voir que tu apprécies ma cuisine et tu sais que tu n'as pas besoin d'invitation. Tu viens quand tu veux. Et si tu prenais quelques kilos de plus, cela ne te ferait pas de mal.

Le repas terminé, Jules propose à Jarod de le suivre quelques minutes dans son bureau, il a des choses à lui dire. Le jeune homme sait de quoi il s'agit, ce qui lui procure une certaine appréhension. Il veut consulter mais il ne peut s'empêcher d'être inquiet. Il lui semble que tout va trop vite, mais c'est lui qui a parlé de suivre une thérapie, alors il ne peut plus faire marche arrière, même s'il l'envisage.

— Ferme la porte et assieds-toi. J'ai trouvé un bon psychiatre à l'hôpital.

— À l'hôpital ? Pourquoi ? C'est loin ?

— Allons allons, calme-toi. L'hôpital est à 17 km de Goult, tu le connais. Tu ne vas pas y passer la journée tu sais. Le médecin te reçoit, tu discutes avec lui et on rentre. Je pensais que tu serais content…sinon…il y a une autre alternative. Je connais quelqu'un qui connaît un ancien psychiatre qui vient se ressourcer plusieurs mois par an à Goult. Il est arrivé la semaine dernière. Il a pris sa retraite tu comprends. Il a envie de profiter un peu. Qui lui en voudrait ? Qu'est-ce que tu en dis ?

— Mais s'il est à la retraite, il n'aura peut-être pas envie de nous recevoir et… qui lui en voudrait ?

— Personne ! Mais si je te dis, d'ores et déjà qu'il est d'accord pour te rencontrer. Écoute, je sais que tu as peur, parler avec une personne étrangère ce n'est pas facile et particulièrement pour toi, mais je suis sûr que tu ne le regretteras pas. Essaie au moins, qu'est-ce que tu risques, hein ?

— Bon d'accord, je vous remercie. Vous pouvez prendre rendez-vous, si vous voulez.

— C'est fait. Jeudi prochain à 17 h 30.

— Et bien, vous n'avez pas perdu de temps. Et si j'avais dit non alors ?

— J'ai anticipé au cas où tu serais d'accord. Ça a du bon parfois l'anticipation tu sais.

Après la discussion, Jarod et Margot décident d'aller se promener. Ils marchent main dans la main, en silence. Le jeune homme est si stressé, qu'il ne se rend pas compte qu'il sert la main de Margot trop fort.

— Tu veux me casser la main, Jarod ?

— Non, excuse-moi, je suis un peu tendu. Les jours vont passer très vite. C'est toujours comme ça quand on n'est pas pressé de voir la date fatidique arrivée.

— C'est une bonne chose ta thérapie, tu ne dois pas être inquiet.

De temps en temps, Margot observe Jarod du coin de l'œil. Elle aimerait pouvoir entrer dans la tête de ce garçon si secret. Son regard bleu pâle a quelque chose de mystérieux, lui aussi. La jeune fille sait qu'elle ne pourra jamais regarder un autre que lui, c'est une certitude. Ils passent d'abord par des petites ruelles puis se dirigent vers un sentier qui monte jusqu'au moulin tout en pierre. Les jeunes gens rencontrent des randonneurs et des touristes à vélo sur les pistes cyclables. Arrivés en haut, les amoureux admirent le panorama magnifique. Les champs de lavande, les vignes, rien ne dénote dans ce paysage. Sur le toit du moulin, la girouette qui tourne au gré du vent, reste impassible. Jarod aimerait que ce jour dure longtemps. Il se sent bien avec Margot. C'est une personne ouverte. Elle est capable d'entendre ce qu'il lui confie. Elle fait tout ce qu'elle peut pour le soutenir. Aujourd'hui, il la trouve particulièrement belle. Ses cheveux tombent en larges boucles dans son dos, seules deux mèches se rejoignent derrière la tête, liées par un élastique brillant. Les deux jeunes gens restent un long moment silencieux, le regard tourné vers l'horizon. Il n'est pas nécessaire de parler parfois, seule la personne à vos côtés suffit pour vous sentir bien.

— Alors comme ça tu restes plus longtemps ?

— Ah ! Tu me rassures, quand je te l'ai dit, tu n'as eu aucune réaction.

— Je suis très content.

— Je l'espère. C'est que je l'ai tannée ma mère pour qu'elle accepte. Enfin, ma mamie m'a aidée.

— Alors merci Camille et merci mamie. Je trouve Cécile surprenante.

Jarod regarde celle qui fait chavirer son cœur, droit dans les yeux. D'abord timides, ils s'embrassent tendrement malgré le monde qui va et vient. Jules et Cécile ne sont pas naïfs. Ils savent qu'entre Jarod et Margot, il se passe quelque chose. Ils sont mignons et vont bien ensemble. Cécile a la conviction qu'ils se complètent à merveille. Ils sont à l'opposé l'un de l'autre, mais s'attirent comme deux aimants. L'introverti, dont le doute, la peur et le contrôle sont ce qui lui permettent de se préserver et face à lui, une jeune femme ouverte, radieuse qui n'a pas peur de dire ce qu'elle ressent et dont l'optimisme est un rayon de soleil pour Jarod.

10

Margot a souvent entendu ses grands-parents dire que Jarod n'est pas quelqu'un qu'il faut bousculer. Il est comme un petit animal sauvage qu'il faut approcher en douceur. Elle devra faire preuve de patience, mais pour rien au monde elle ne le quittera. C'est pour elle une certitude, personne ne pourra le remplacer. Elle serait incapable de vivre sans Jarod, lui enlever serait lui prendre une part d'elle même. Margot ne connaît pas l'avenir mais elle sait tout cela.

Les jours passent et l'heure du rendez-vous approche. Jarod est un peu agité à l'idée d'affronter cet homme qu'il ne connaît pas. Il n'est pas sûr de pouvoir lui parler. Il ne pense pas en être capable. Il ne sait pas d'où vient le problème, quelle en est la source. Il fait un blocage. C'est ce qui l'amène à consulter, il n'y a pas d'autre solution.

Le jour du rendez-vous Jarod ne tient pas en place. Il a du mal à respirer et comme il le répète souvent, *tout va trop vite pour lui*. Qu'est-ce qu'il va bien pouvoir dire ? Et si le médecin le déclare fou ? Et si…

— Jarod, l'interrompt Jules, tu ne vas pas te faire arracher toutes les dents, mon garçon, allons ! Calme-toi voyons, qu'est-ce que tu es nerveux !

— J'aimerais bien vous y voir. "Bonjour docteur, vous savez, je parle à la lune. On a de grandes discussions tous les deux. Elle est très intelligente, la lune. Ah vous ne le saviez pas ? Non, et bien moi, Jarod, je vous l'apprends. Alors, qu'est-ce que vous en pensez docteur ?" Docteur comment d'ailleurs ? Je ne sais même pas comment il s'appelle.

— C'est le docteur Samuel Pravick. Évidemment, présenté comme ça... Il paraît qu'il est très gentil et qu'il est très bon dans son domaine. Je suis sûr que tout va bien se passer. Bon tu es prêt alors on y va. Ce n'est pas poli d'arriver en retard.

Il est inutile de prendre la voiture, la maison du médecin est à moins d'un kilomètre. Jarod est surpris de voir les gens s'approcher de Jules pour le saluer ou lui demander quelque chose. Ils plaisantent et lancent des invitations que Jules accepte. *Ils ressemblent à des touristes tous ces villageois avec leur peau hâlée par le soleil et le chapeau sur la tête*, pense Jarod. Pendant le trajet, ils passent devant des maisons en pierre, certaines avec des volets bleus, les préférées du jeune homme. Il aimerait pouvoir regarder les jardins qui se trouvent de l'autre côté des maisons, dans certaines, il y a une grande piscine. Il est fier de son village. Il l'aime d'une façon qu'il ne peut qualifier. Ils passent ensuite devant un petit parc où des fleurs de différentes couleurs forment un grand bouquet multicolore. Les arbres procurent un peu d'ombre à deux touristes assis sur un banc et un peu plus loin, à quelques mètres de là, la maison aux volets blancs du docteur Samuel Pravick. Jules et Jarod sont sous les feuillages, au-dessus de l'entrée. Le jeune homme prend une grande inspiration, puis tape à la porte. Le stress monte d'un cran. Il tente pour se calmer, de se concentrer sur le parfum des fleurs qui entourent un arbre solitaire. Le cœur de Jarod bat à une vitesse folle. Il a presque envie de faire demi-tour. Jules le regarde un peu inquiet mais ne dit rien. Un homme aux cheveux grisonnants les accueille.

— Bonjour docteur, Jarod Travor a un rendez-vous à dix-sept heures trente. Nous avons dix minutes d'avance, mais nous pouvons attendre si vous le souhaitez.

— Non, entrez je vous prie.

Le médecin est un homme très grand. Il a le teint pâle, les yeux clairs et son visage n'est pas beaucoup marqué par les années. Ce devait être un grand sportif car sa carrure est imposante, ses épaules sont larges. C'est un homme robuste. Jarod pensait trouver une personne plus âgée. Ils suivent le psychiatre dans un couloir, puis arrivent dans un bureau un peu obscur. Le docteur Pravick ouvre les volets qui étaient à peine entrouverts pour ne pas laisser le soleil entrer et invite Jules et Jarod à s'asseoir. Il allume son ordinateur et pianote avec ses deux index. Après des minutes qui semblent interminables à Jarod, le médecin lève la tête.

— Je suppose que Jarod c'est vous, jeune homme ?
— Oui.

Une fois tous les renseignements pris le concernant, le médecin pose des questions à Jules pour savoir quel lien de parenté ils ont, entre autres. De là, s'ensuit une conversation qui dure un quart d'heure au moins. Un supplice pour Jarod qui admire Jules. Rien ne semble le perturber. Il connaît le médecin depuis quelques minutes seulement et voilà qu'il discute avec lui comme s'ils étaient amis depuis des années. Les deux hommes parlent de cette région magnifique, du temps qu'il fait...

— Jules, je ne veux surtout pas vous mettre dehors, mais soit vous attendez dans le petit salon qui se trouve à gauche en sortant, soit vous rentrez chez vous. C'est comme vous voulez. Jarod est un grand garçon, il saura me dire ce qui ne va pas.

— Puisque j'ai le choix, j'attends Jarod. Merci docteur.

Jules entre dans le petit salon, s'installe sur le grand canapé en cuir noir en face de l'entrée. De nombreux livres sont alignés dans la grande bibliothèque et Jules se demande si le docteur Pravick les a tous lus. Malgré la sobriété du lieu, le tout est meublé avec goût. Le silence qui y règne invite à la lecture ou à la réflexion. Jarod aimerait sûrement cet endroit. Jules prend sur la petite table basse ovale en bois d'acajou sculpté, un magazine pour passer le temps. Il le feuillette sans vraiment faire attention au contenu. Il aimerait être une petite souris pour voir comment se passe la consultation. Il espère ne pas s'être trompé sur le choix du psychiatre car Jarod, il en est presque certain, refusera d'en voir un autre avant bien longtemps.

Jarod tente de maîtriser sa nervosité. Il est incapble de sortir un mot. Le docteur Pravick, les coudes sur le bureau, les mains jointes, observe son patient pendant quelques minutes, un sourcil légèrement relevé. Il attend peut-être que Jarod parle en premier mais comme ce dernier reste silencieux, il décide d'engager la conversation qui s'avère compliquée.

— Alors Jarod, c'est vous qui avez pris l'initiative de venir en consultation ou on vous l'a gentiment suggéré ?
— Non c'est moi.
— Bien, je préfère. C'est important, si vous avez pris cette décision seul, c'est que vous avez admis avoir un problème. Beaucoup de gens se voilent la face. Alors, dites-moi ce qui ne va pas.
— Je…je…je dors très mal…
— Très bien, mais encore.
— Je dors très mal… parce que je… je rêve beaucoup.
— D'accord. Vous rêvez beaucoup ou c'est une impression ?
— Je rêve beaucoup.
— Bien, alors racontez-moi tout ce dont vous vous souvenez.
— Non… je ne peux pas, il… il y en a trop… c'est impossible.

Le médecin est un peu surpris mais il ne montre rien. Pendant que Jarod répond aux questions, le psychiatre prend des notes sur une feuille blanche. Il lance parfois un regard curieux sur son patient. Il a envie d'en savoir plus sur ce jeune homme. Pour pouvoir poursuivre, il faut que le contact se fasse. Il essaie alors, par des moyens détournés, de le faire parler.

— Vous travaillez ?

— Oui… dans le magasin de… de Jules.

— Et ça se passe bien ? Ce monsieur à l'air sympathique, non ?

— Oui… il est très gentil.

— En quoi consiste votre travail ? Racontez-moi un peu.

— Je… je range la réserve… je mets les articles en rayon, j'étiquette les produits parfois…je…je fais le… le ménage aussi.

— Vous avez beaucoup de choses à faire.

— Oui…enfin ce n'est rien de bien… de bien compliqué… alors…

— Vous voulez me dire autre chose ?

— Bien… Non.

Jarod répond au médecin avec beaucoup d'hésitation.

— Vous êtes sûr parce que je peux tout entendre. Vous le savez sûrement, mais tout ce que vous me direz restera entre vous et moi.

Jarod ne répond pas. Il est visiblement trop angoissé pour ce premier rendez-vous. Il n'est pas du tout prêt à parler. Le docteur Samuel Pravick ne montre aucun agacement parce qu'il aime analyser le comportement de ses patients. Les attitudes peuvent lui donner des informations supplémentaires. C'est sa façon à lui de travailler. Il choisit de faire court, de ne pas harceler son patient de questions pour être sûr qu'il revienne. Son expérience lui a appris la constance, et il sait que dans certains cas, il en faut beaucoup. Jarod a besoin d'être en confiance. Il ne sert à rien d'insister. Il pourrait se fermer encore plus. Curieusement, le psychiatre a envie de l'aider. Il y a quelque chose d'un peu étrange chez ce garçon. Il n'est pas comme les autres. Malgré la mélancolie qui se lit dans son regard pâle et son manque de confiance en lui, il y a comme une étincelle, de l'éclat, de l'intelligence. Ces contradictions amènent à penser qu'avec lui, la thérapie sera différente. Il va découvrir une personnalité intéressante. Il ne le jurerait pas bien sûr, mais il a dans l'idée que ce patient est spécial, sans trop savoir pourquoi. Une intuition peut-être. Il compte bien en apprendre davantage. De son côté Jarod n'a qu'une envie, c'est de quitter ce bureau en vitesse.

— Bien, je pense que pour aujourd'hui nous allons en rester là. Je vous libère. On dira que c'était juste pour faire un peu connaissance. J'espère que vous êtes d'accord pour revenir. On ne règle pas certains problèmes en quelques minutes, ni même en quelques jours, vous comprenez ?

Le médecin n'attend pas de réponse. Il se lève et se dirige, suivi de Jarod, vers le petit salon où Jules les attend.

— C'est déjà terminé ? Je vous dois combien docteur ?

— Rien, c'est une petite consultation. Il va falloir que Jarod revienne. Je vous donne rendez-vous pour jeudi prochain à la même heure. Tenez ma carte, si vous avez un empêchement, ce que je n'espère pas, vous m'appelez pour annuler. Bonne fin de journée et à Jeudi.

Il raccompagne Jules et Jarod puis après un signe de la main referme la porte. Le jeune homme se sent épuisé. Cet entretien lui a pompé toute son énergie. Il n'a qu'une envie, celle de rentrer chez lui.

— Comment tu le trouves ce médecin, il est sympathique, non ? J'ai bien vu que tu étais stressé tout à l'heure et maintenant tu tiens à peine sur tes jambes. Il n'y a aucune raison de te rendre malade. Je suis sûr que ce psychiatre va pouvoir t'aider. Tu es d'accord pour revenir, n'est-ce pas ?

— Oui mais…Oui je viendrai jeudi prochain.

— C'est bien Jarod, je suis content.

11

Pendant le retour, le jeune homme reste muet. En vérité, il n'a aucune envie de revoir le docteur, mais il a peur de décevoir Jules et Cécile. Ils font tout pour l'aider alors il faut bien que lui, de son côté, fasse un petit effort. *C'est la moindre des choses.* Jarod n'a pas l'habitude de raconter sa vie aux étrangers. Il n'a pas d'ami et seuls Jules, Cécile et Margot comptent à ses yeux. Il se sent très chanceux. Ce sont les êtres les plus merveilleux qui puissent exister sur terre, selon lui. Jules lui raconte des anecdotes pour le faire rire et lui changer les idées et ça marche. Il se sent un peu mieux. Devant la porte d'une jolie maison, deux femmes âgées assises sur des chaises, discutent et font un signe à leur passage pour dire bonjour.

Arrivés devant le magasin, Jarod remercie Jules et rentre chez lui. Il est content de retrouver son appartement où il se sent à l'abri, et a hâte de se distraire devant un film d'aventure. Il allume son ordinateur et fait son choix, « Les aventuriers de l'Arche perdu ». Jarod aime ce genre, il lui permet de s'évader sans se poser de questions parce que pour aujourd'hui, il a eu sa dose. Le générique défile devant ses yeux, mais il n'arrive pas à se concentrer. Il pense au médecin. Comment se fait-il qu'il ne l'ait gardé qu'une demie heure et encore. Est-ce qu'il s'ennuyait ou parce que le fait de ne pas dormir n'est pas un sujet suffisamment intéressant pour lui ? Une raison valable pour consulter. Si c'était le cas, il ne lui aurait pas donné un autre rendez-vous. ? S'il n'avait pas voulu le revoir, ce n'aurait pas été un problème pour Jarod, car cette discussion avec le médecin était une véritable torture. Toutes ces questions tournent en boucle dans la tête du jeune homme qui, une fois le stress retombé, sent ses paupières s'alourdir.

    Jarod rêve beaucoup, beaucoup trop. La lune fait son apparition, toute joyeuse, ce qui l'exaspère parfois.

— Jarod
— Oui quoi encore ?
— Tout va bien, Jarod ?
— Tu le sais déjà.
— Et toi, Jarod ?
— Moi je ne sais rien.
— Tu ne te connais pas…
— Est-ce que pour une fois, tu peux développer ?
— Tu es tellement fermé, tu ne te connais pas…tu ne te connais…
— Attends, la lune…ne t'en vas pas…reste…j'en ai assez.

    Jarod ouvre les yeux, déçu par la lune qui répond toujours aux questions par des questions entre autres, puis elle l'abandonne. Comme il s'est endormi sans manger, la faim le tenaille. Il prépare un sandwich avec quelques petites rondelles de tomates et ajoute un filet d'huile d'olive et une pincée de thym et va à la fenêtre ouverte en grand. Dans le ciel, les étoiles sont nombreuses et Jarod regarde ce spectacle magnifique dont il ne se lasse jamais.

Il peut rester des heures à admirer tous ces petits points brillants dans la noirceur du firmament. Il se demande s'il y a un son là-haut ou du bruit. Il voudrait pouvoir regarder de plus près toutes ces choses dans l'univers, infiniment grand. Il est fasciné par ce qu'il ne peut voir, parce qu'il y a du mystère et Jarod parle à voix haute devant la fenêtre.

— Qu'est-ce qu'il y a de plus mystérieux que le mystère, l'inconnu ? Le mot « mystère » à lui seul l'interroge.

Il contemple encore un instant les étoiles et va s'allonger sur son lit pour réfléchir. Les bras sous la tête, les jambes croisées, il regarde le plafond. Il imagine le spectacle fabuleux qui se déroule dans le ciel, accompagné d'un chant à son goût, « Carmina Burana », qu'il a cherché dans son ordinateur. Il guide le ballet des astres et des planètes qui prennent le relais. Puis c'est dans un grand tourbillon que Jarod s'assoupit.

Tous les jours, le garçon prend son travail à cœur. Il veut bien faire pour épauler Jules. En fin d'après-midi, Jarod va chercher Margot pour faire une promenade dans le village, puis décident de continuer sur une petite route étroite. La jeune fille regarde les champs d'arbres fruitiers, de tomates, de vignes, de salades. Jarod lui explique que les petits cabanons tout en pierre sont là pour entreposer du matériel. Certaines personnes cherchent à en acheter pour les aménager à leur goût. Les amoureux se parlent beaucoup. Ils apprennent à se connaître. C'est leur moment, celui qu'ils attendent, chacun de son côté.

Margot veut prendre une photo avec Jarod. Ce dernier se montre réticent, puis se laisse convaincre. Ils s'approchent l'un de l'autre pour immortaliser ce doux moment.

— Qu'est-ce que c'est beau ici ! Un jour, je suis allée avec ma mamie dans le joli village de Roussillon. C'est tellement beau avec cette terre et toutes ces maisons de couleur ocre. C'est magnifique. Vous avez de la chance d'habiter dans ce coin de paradis. Tous ces murs en pierre, le moulin, les champs de lavande, de coquelicots et…et tout le reste. C'est superbe !

— Oui c'est vrai, nous avons beaucoup de chance et toi alors ?

— Strasbourg est une très belle ville. Je l'aime beaucoup. Il faudra que tu viennes la visiter. Je suis sûre qu'elle te plaira à toi aussi. Bien sûr ce n'est pas comme ici, et je sais que tu es amoureux de tous ces beaux paysages et je te comprends. Mais je t'assure que Strasbourg est une belle région, c'est juste différent.

— On devrait faire demi-tour. On va prendre un verre à « la cigale et la fourmi ».

Les jeunes gens, assis côte à côte, boivent une boisson fraîche au magasin, « La cigale et la fourmi ». Il y a des objets de décoration, des bijoux fantaisies, des chapeaux en paille. Jarod en achète un qu'il pose sur la tête de Margot. À l'ombre d'un parasol, ils restent un petit moment, sans jamais se lâcher la main. Puis vient le moment de rentrer. Le jeune homme raccompagne Margot et la laisse bien malgré lui devant le magasin.

Les nuits de Jarod sont toujours aussi perturbées par les rêves qui, sans cohérence, se succèdent à une vitesse faramineuse. Ils ne sont pas anodins. Ils sont là pour lui dire quelque chose, pour l'alerter. Le jour du rendez-vous arrive à grand pas et Jarod cherche une bonne excuse pour ne pas y aller. Jules n'est pas dupe et fait en sorte d'être libre pour l'accompagner. Devant le miroir de la salle de bain, le garçon s'observe avec insistance. Il se sent perdu, et dans un grand désarroi. Il voudrait avoir le courage de parler sans hésitation. Il va dans la chambre de sa mère, regarde tout autour et lui en veut de l'avoir abandonné. À cet instant, il ressent un manque. C'est là, dans son ventre, dans tout son corps. C'est douloureux. Si sa mère était là, ce serait certainement différent. Jarod sort de ses pensées quand Jules tape à la porte. Il n'a pas très envie de répondre mais ouvre à celui qui est comme un père pour lui.

    Pour aller chez le psychiatre, ils prennent le même itinéraire que la première fois et marchent en silence. Jarod est mal à l'aise. Il est convaincu de ne pas mériter l'aide que lui apporte Jules parce qu'il se sent faible et a une perception négative de qui il est. Il ne trouve pas de raison valable pour tout arrêter, mais pour lui ce manège ne sert à rien. Arrivés près de la maison du médecin, Jarod s'arrête, tout cela est ridicule. Il fait beaucoup d'effort, mais c'est trop dur. Il le vit très mal.

— Jules je ne peux pas. Vous ne pouvez pas imaginer à quel point c'est pénible. Je crois que je ne mérite pas votre soutien. J'ai honte.

— Ne dis pas de bêtises. Écoute-moi Jarod, si tu ne veux pas y aller, il n'y a pas de problème. C'est toi qui décides, mais je suis sûr que tu finiras par le regretter. J'en suis sûr Jarod. Fais moi un peu confiance.

— Mais je lui ai déjà tout dit.

— Non, ça je ne crois pas. Essaie encore, pour Margot, d'accord ? Répète-lui ce que tu m'as dit. Il est là pour t'écouter. Lance-toi et tu verras que le reste suivra. Je comprends que ce soit difficile, mais il faut que tu lui parles si tu veux aller mieux. Il ne pourra pas t'aider si tu ne lui dis pas tout ce que tu ressens.Tu ne peux pas continuer comme ça Jarod. Je vois bien que tu es fatigué parce que tu ne dors pas bien. Allez mon garçon, lance-toi.

— Bon d'accord.

12

Jarod avance à contrecœur. Il n'est pas serein et regrette parfois d'avoir fait cette démarche. Il voudrait être à la place de ces deux femmes qui discutaient devant la maison, la dernière fois. Si Margot était là, il arriverait peut-être à mieux gérer. Plus que quelques mètres à parcourir. Jules tape énergiquement sur la porte. Le médecin qui les attendait ouvre rapidement.

— Bonjour. Je pensais que vous annuleriez Jarod. Je suis content de m'être trompé.

— Oh si peu ! répond Jules avec un petit sourire qui en dit long.

Jules va dans le petit salon comme la dernière fois et prend un magazine. Jarod, assis devant le bureau du médecin, attend sans dire un mot. Il espère que la consultation ne va pas s'éterniser. Le psychiatre pianote sur son ordinateur et prend la feuille avec quelques lignes griffonnées dessus.

— Alors Jarod, pouvez-vous me raconter un de vos rêves, juste un seul.

— Non.

— Non ? Vous ne voulez pas ou vous ne pouvez pas ?

— Je ne peux pas…il…il y en a trop… Je vous l'ai déjà dit.

— Vous êtes contrarié ?

— Non.

— Où sont vos parents ?
— Ma mère est décédée, il y a six mois environ.
— Et votre père ?
— Je n'ai pas de père.
— Tout le monde a un père. Il est toujours en vie, n'est-ce pas ?
— Je...je n'en sais rien et je me fiche qu'il soit mort ou...ou vivant.

Le médecin sent un changement radical, quand il aborde le sujet concernant le père. Il préfère alors le mettre de côté, pour le moment.

— Qu'est-ce que vous faites quand vous ne travaillez pas ?
— Rien. Enfin...je regarde...des films ou... j'écoute de...de la musique classique. Elle m'aide à...à me détendre, à trouver un équilibre.
— Quel genre de film par exemple ?
— Tous...je regarde tous les genres, parce que...tout m'intéresse...
— Et donc vous rêvez de...
— Je...je rêve de la lune.

Voilà c'est dit. Le docteur regarde le jeune homme d'un air perplexe. Il ne sait pas si Jarod est sérieux ou s'il répond n'importe quoi pour qu'il le mette dehors. Le garçon sent un poids en moins sur les épaules.

— Et que se passe-t-il avec la lune, dites-moi.
— Elle...elle me parle...beaucoup...
— Qu'est-ce qu'elle vous dit ?

— Elle chuchote et...s'exprime rapidement. Je n'arrive pas à...à la suivre, à comprendre tout ce qu'elle me...tout ce qu'elle me dit.
— Et donc vous discutez avec la lune toutes les nuits, c'est bien ça ?
— Quasiment oui...mais il m'est arrivé de...de lui parler quand j'ouvre la fenêtre mais...le problème...c'est que je...je ne sais pas si c'est...si c'est réel...
— À ce moment là, vous êtes réveillé ?
— Oui...enfin je crois... Je n'en suis pas certain.
— Vous êtes bien conscient que la lune ne peut pas parler ? Vous aimeriez peut-être qu'elle vous parle, plutôt, non ?
— Je ne sais pas.

Le docteur Pravick prend des notes. Cette fois, il a beaucoup de choses à écrire sur la feuille. Par moment, il lève la tête et regarde Jarod. Ce dernier a les mains qui tremblent un peu, elles sont moites. Il a suivi les conseils de Jules mais a peur de le regretter. Il se sent soulagé malgré tout et espère avoir des réponses pour comprendre.

— Est-ce que ...je suis...fou ?
— Qu'en pensez-vous ?
— Peut-être.
— Vous avez des amis Jarod ?
— Non.
— Pourquoi ? Vous êtes timide, solitaire ou c'est parce que les gens de votre âge ne vous intéressent pas ?

— Je ne sais pas ... Je n'ai pas réfléchi à... à ça. Je crois...je crois que je n'en ai pas besoin. En tout cas, cela ne me manque pas...pas du tout.

— Et les films alors ? Qu'est-ce qu'ils vous apportent, concrètement ?

— Les films ? Je ne sais pas trop... J'en ai besoin... On apprend beaucoup...en...en les regardant.

— Vous lisez quelques fois ?

— Jamais. Je...je regarde des documentaires.

— Quel genre ?

— Je regarde tous les genres ; animaliers, historiques...scientifiques... Je n'ai pas de préférence particulière. Ils sont tous très enrichissants... J'en ai besoin. Les documentaires sont une belle source d'information. Je...je crois qu'ils me nourrissent en...en quelque sorte.

— Et vous en avez besoin. Quand avez-vous décidé de consulter ? Pour être plus précis, quel a été l'élément déclencheur ?

— C'est...c'est la lune.

— Ah bon ? C'est elle qui vous a dit d'entamer une thérapie ?

— Non. Elle m'a dit... « Jarod, tu ne te connais pas ».

— Vous en avez conclu, que vous aviez besoin de consulter pour comprendre, pour en apprendre plus sur vous. C'est bien ça ?

— Oui...c'est ça... C'est exactement ça.

Jarod se rend compte que le médecin ne se moque pas. Il prend tout ce qu'il dit au sérieux. Cécile avait raison quand elle disait que le psychiatre n'était pas là pour juger. Finalement, le médecin essaie de le comprendre. Il veut un maximum d'informations pour trouver une solution et cela le rassure. Jarod arrive un peu à se décontracter. Il se sent plus à l'aise.

— J'ai…j'ai peut-être…besoin…

— Oui, de quoi auriez-vous besoin ?

— J'ai peut-être besoin d'un scanner ou d'une IRM…non ? J'ai peut-être un problème au…au cerveau ou…ou une maladie ?

— Comme quoi par exemple ?

— L'autisme…la schizophrénie…ou une tumeur. Enfin… Jje ne sais pas. J'ai forcément quelque chose qui…qui ne tourne pas rond.

— Si je vous prescris un scanner, c'est pour vous rassurer. Évitez de vous mettre des idées dans la tête. Faites l'examen et quand vous aurez les résultats, appelez-moi. Si vous n'avez rien, nous continuons la thérapie, nous sommes d'accord ?

— Oui d'accord, merci docteur.

Le médecin se lève et se dirige vers le salon pour parler à Jules.

— J'ai prescrit un scanner à Jarod pour le rassurer. Nous reprendrons la thérapie quand il me ramènera les résultats. Nous avons un peu avancé aujourd'hui, c'est bien.

— Très bien docteur, je vous remercie. On vous tient au courant, dit Jules.
— Au revoir docteur.

Une fois à l'extérieur, sans même que Jules ait besoin de lui poser des questions, Jarod se confie. C'est bien la première fois. Jules est content de constater qu'il s'ouvre plus facilement, il parle plus. Il fait des progrès immenses. De son côté, Jarod se dit que ce médecin va pouvoir l'aider. Ce sera certainement long, mais il a confiance, quelque chose dans cet homme le rassure. De toute façon, il faut qu'il sache ce qui ne va pas chez lui. Il n'a pas d'autre option. Personne ne parle à la lune. Il y a forcément une explication rationnelle et pour le savoir, il faut faire l'effort de dépasser ses appréhensions. Le docteur Samuel Pravick est patient. Il écoute sans faire de commentaire et Jarod commence à s'apaiser et rien que cela suffit à le convaincre.

13

Pour la première fois, Jarod ressent un peu de sérénité. Il sait que rien n'est résolu, mais il décide d'être optimiste. Il doit s'obliger à envisager l'avenir sous de meilleurs auspices. Laisser les affres que lui procure la vie, dans un coin de sa tête pour ne pas se laisser emporter par une dépression ou la folie. Il a envie d'avancer, de vivre sa vie et la chance d'avoir Margot à ses côtés lui apporte un grand réconfort et l'encourage dans cette voie. L'isolement qu'il s'inflige à chaque fois qu'il est perturbé n'arrange pas les choses, il le sait. Jarod pense parfois savoir d'où vient le problème, mais il n'arrive pas à l'identifier réellement. Cette chose est bien là, dans son esprit, mais il n'arrive pas à la voir. Il a certainement peur de la laisser resurgir et de souffrir encore.

Jarod invite Margot à la « pizzéria Hugo », bien sûr la jeune fille est ravie. Elle attend toujours que le jeune homme vienne vers elle. Passer une soirée en tête à tête avec celui qui accapare tout son esprit, ne se refuse pas.

— Vous avez raison les jeunes. Il faut profiter de la soirée, mais ne la ramène pas trop tard s'il te plaît.

— C'est promis Cécile.

Le jeune couple, main dans la main, marche sans se presser. À la terrasse des cafés, des touristes prennent un verre, quand d'autres commandent leurs repas. Certains plus courageux, pédalent sur les pistes cyclables dans une fraîcheur toute relative. Le village s'anime tout doucement. Des rires communicatifs résonnent au loin, ce qui fait sourire Margot. *Elle est gracieuse comme sa grand-mère*, pense Jarod.

— Tu sais que pour moi, venir dans ce village est un dépaysement. J'habite une grande ville, ici c'est petit mais tellement pittoresque. Au fait, j'ai un petit cadeau pour toi.

— Ah bon, qu'est-ce que c'est ?

— Je te le donnerai quand nous serons installés.

Les amoureux arrivent à la « pizzéria Hugo ». Le serveur ne tarde pas à leur apporter la carte des menus que Margot étudie sérieusement. Pendant ce temps, Jarod en profite pour l'observer. Lui sait déjà ce qu'il va prendre, la pizza "la place d'argent", pour la jeune fille ce sera la « pizza aubergine ». La musique est à fond, ce qui ravit deux jeunes gens.

— On est bien ici, dit Jarod en sirotant un jus d'ananas bien frais. Tu sais que je suis amoureux de cette pizza « la plage d'argent ».

— Quoi ? Tu me fais déjà des infidélités, dit Margot en riant de bon cœur.

— Non, ça jamais, répond doucement Jarod.

Pendant le repas, ils discutent de choses et d'autres. Margot a vingt ans. Elle explique le choix de son travail. Pour elle, aller chez une esthéticienne c'est prendre soin de soi, mais aussi parfois, cela fait du bien à l'âme. Quelques fois, certaines clientes se confient à elle. Margot se rend compte alors, que même si ce n'est pas forcément visible, des personnes sont malheureuses et c'est leur manière à elles de se faire du bien. Elle se sent utile à sa façon, pour apporter un peu de bien-être. Dessiner est une échappatoire, une façon de s'évader, de sortir de sa chambre. C'est une romantique qui invente des histoires, des paysages. Elle s'estime chanceuse parce qu'elle se sent épanouie. Elle pense se mettre à la peinture aussi, et à la danse, peut-être. Jarod confie à Margot qu'il ne sait pas ce qu'il veut réellement faire, pour le moment. Il a trop de choses à régler, alors le reste peut attendre. *Un pas après l'autre*, comme dit la lune. Il finira bien par trouver sa voie, ce pourquoi il est fait. Pour l'instant, il a le cinéma, la musique, les reportages. C'est son échappatoire à lui, sa façon de s'évader, mais pas seulement. Puis il parle de sa thérapie, du docteur Samuel Pravick. Il exprime son inquiétude, car parler à la lune n'est pas normal, cela le rend anxieux. Il est heureux de pouvoir parler de son ressenti et de ses inquiétudes. Les amoureux se confient en toute confiance. Ils ne font pas attention aux gens qui arrivent dans la pizzéria comme s'ils étaient seuls. C'est un beau couple et rien ne peut obscurcir ce tableau. Ils sont heureux d'être ensemble et cela se voit. Margot dépose sur la table, un cadeau enveloppé dans un papier doré.

— Tiens, c'est pour toi.

Jarod découvre deux cadres en bois blanc travaillé. Il y a son portrait que Margot a dessiné, et une photo de tous les deux, lors de leur promenade.

— Ce n'est pas grand chose, mais j'espère que ça te fait plaisir.
— C'est superbement dessiné Camille ! Tu es une véritable artiste. Je n'en reviens pas. Tu as beaucoup de talent.
— Merci, c'est gentil. Je suis contente que ça te fasse plaisir.

Jarod fixe un long moment Margot droit dans les yeux, comme s'il voulait lui dire quelque chose. Son regard bleu pâle est si intense et profond qu'il semble vouloir percer son âme. Le cœur de Margot bat la chamade et si le regard insistant de Jarod ne la déstabilise pas, il fait chavirer son cœur. Elle n'a jamais éprouvé quelque chose d'aussi intense. Il y a une connexion entre eux. C'est un amour dans ses balbutiements. La soirée s'achève et c'est après avoir apprécié une belle et grosse glace, que les jeunes gens repartent. Sur le chemin du retour, Margot est surprise d'entendre Jarod rire. Depuis qu'elle le connaît, c'est la première fois. C'est un garçon attentionné, intelligent mais tellement mystérieux. Elle aimerait lui poser des questions sur son enfance, mais elle sait que certains sujets le fâchent, alors elle ne veut pas gâcher ce moment agréable. Elle veut profiter de l'instant, chaque minute passée avec lui. Une fois arrivés, Jarod serre tendrement Margot dans ses bras, la remercie pour ses cadeaux et l'embrasse.

Sur le meuble de sa chambre, Jarod pose les deux cadres qu'il regarde, le sourire aux lèvres. Il fait une chaleur étouffante. Il ouvre la fenêtre en grand, puis s'installe sur son lit et allume son pc. Il a envie de regarder un film d'aventure, n'importe quoi pourvu que les images bougent, mais rapidement les paupières se ferment malgré lui. Jarod glisse dans un sommeil profond, son amie la lune apparaît.

— Jarod.
— Oui, pourquoi tu murmures ?
— Je ne veux pas te brusquer, Jarod.
— J'ai décidé de faire un scanner, mais tu le sais déjà.

La lune rit un peu.

— Mais qu'est-ce qui te fait rire ? Ce n'est pas drôle. Tu te moques de moi ?
— J'ai de la peine pour toi Jarod. Tu ne te connais pas...
— J'en ai assez ! Arrête avec tes réponses énigmatiques.
— Tu ne te connais pas Jarod, ...tu ne te connais pas...

La lune s'éloigne sans faire de révélation. Cela veut dire, *contente-toi de cette réponse,* se dit le jeune homme passablement agacé. Puis il rêve qu'il court avec sa mère, cheveux au vent. C'est la première fois. S'il ne peut distinguer son visage, il sent sa main dans la sienne comme si c'était réel. On ne peut contrôler ses songes, sinon Jarod l'aurait près de lui tous les jours.

Jules informe le jeune homme que son rendez-vous pour faire le scanner est dans trois jours. Ce dernier a de la chance, une patiente s'est désistée. Jarod voit les jours défiler à vitesse grand V. Il est bien trop nerveux et l'appréhension qu'il ressent engendre des angoisses terribles. Il ne sait comment les gérer. Il n'y peut rien. Le soir, il évite de s'endormir pour ne pas rêver car la lune le tourmente. Elle ne dit pas les choses. Elle instille des images dans son esprit et avec ses mots à elle, le force à s'interroger. Mais il ne se connaît pas et c'est bien là le fond du problème. Ne pas être conscient de ce que l'on est, mettre un mur de béton dans son esprit ou être étranger à soi, ne peut qu'engendrer des difficultés.

Le jour du rendez-vous est enfin arrivé. Dans la voiture, Jules et Cécile essaient de rassurer Jarod.

— Tu prends le taureau par les cornes Jarod et ça c'est une bonne chose. S'il s'avère que tu as un problème, tu te feras soigner. On est là. Bien sûr que tu as peur, c'est normal, mais attends au moins d'avoir les résultats, d'accord ? Je suis sûre que tu t'inquiètes pour rien.

— Cécile a raison. Il ne faut pas te mettre de mauvaises idées dans la tête.

14

Le trajet d'une vingtaine de minutes, n'aura pas suffi à Jarod pour se calmer. C'est beaucoup trop court. Dans la salle d'attente, le jeune homme lit tout ce qui est placardé sur les murs, observe les tableaux ; ces peintures abstraites qu'il essaie d'analyser, trouver un sens aux formes anarchiques. Puis une femme habillée d'une blouse blanche vient le chercher pour faire son examen. Elle lui pose des questions auxquelles Jarod ne souhaite pas répondre.

— Pourquoi faites-vous cet examen ? Est-ce que vous avez des maux de tête ou...

— Non.

Le visage du jeune homme est fermé et le ton avec lequel il répond, n'incite pas à poursuivre la conversation. Il ne veut pas être obligé de parler, de raconter tout ce qui l'amène ici. Il a peur et honte aussi. Cette femme le regarderait comme on regarde un fou. Une fois dans la salle, Jarod s'installe sur la table d'examen. Allongé, il regarde l'intérieur de la machine qui va prendre des clichés de sa tête. Comment une machine aussi peu attrayante par sa forme peut voir l'intérieur d'un crâne ? Pour le jeune homme, elle devrait être nettement plus élaborée, celle-là ne ressemble pas à l'idée qu'il s'en faisait. Il est déçu. Elle tourne d'un côté puis d'un autre et s'arrête, puis recommence. Le bruit qu'elle émet l'insupporte, mais l'examen ne dure que quelques minutes. La technicienne l'informe que c'est déjà fini. Il peut retourner dans la salle d'attente pour rejoindre Jules et Cécile. Il y a du monde, du personnel en blouse blanche qui part dans tous les sens. Des patients attendent eux aussi des résultats. Les secrétaires répondent aux téléphones qui n'arrêtent pas de sonner. D'autres devant les écrans d'ordinateur, sont munies d'écouteurs et tapent des comptes rendus. Jarod n'avait jamais vraiment pensé à la maladie. C'est un monde qu'il ne connaît pas. Il regarde avec intérêt tout autour de lui, cette réalité inconnue jusque-là. Tout ce qu'il sait de la médecine est théorique. Il réalise qu'il y a encore beaucoup de choses sur lesquelles il devra lever le voile, puisqu'il préfère rester dans son antre, bien à l'abri. Les minutes s'écoulent lentement. Jarod trouve le temps long. Jules et Cécile regardent leur protégé qui ne tient pas en place. Il est trop anxieux. Trois quart d'heure plus tard, Jarod est appelé pour récupérer les clichés, sans aucune information.

— Qu'est-ce qu'elle t'a dit ?

— Rien, enfin pas grand chose, Cécile. J'appellerai le docteur Pravick dès que je serai rentré. Il me dira lui, si quelque chose ne va pas.

— Jarod, si tes résultats n'étaient pas bons, un médecin aurait pris la peine de venir t'en parler. C'est normal. Enfin, il me semble.

Jarod ne perd pas de temps, sans hésitation il appelle le docteur Pravick qui lui donne rendez-vous pour le lendemain à quatorze heures. Le jeune homme ne tient pas en place. L'énervement qu'il ressent est inhabituel. Il n'arrive pas à le contrôler. Spontanément, il part voir Margot, sa présence l'apaise. Les choses paraissent plus simples avec elle.

— Tu devrais rester avec nous ce soir Jarod, suggère Margot.

— Mais oui, ne reste pas tout seul voyons. Demain je t'emmènerai voir le docteur et si tu es d'accord, j'aimerais être présent quand il regardera tes clichés. Tu es d'accord ?

— Oui bien sûr Jules, je vous remercie. Alors si cela ne vous dérange pas, je reste avec vous ce soir.

Les deux jeunes gens vont se promener, puis s'installent au pied de l'arbre comme la première fois. Assis tout près l'un de l'autre, Jarod, la main tremblante, prend celle de Margot. Il aimerait lui dire des tas de choses, mais il n'y arrive pas. Les sentiments qu'il éprouve sont si profonds, que les mots ne seraient pas assez forts, *il devrait en inventer.*

— Il faut te détendre Jarod. Tu n'as pas lu le compte-rendu ? Je suis sûre qu'il est écrit : « Jarod est certes un garçon spécial, mais il n'a absolument rien.

— Tu crois ?

— Oui, absolument.

Les amoureux rient de leurs bêtises. Jarod oublie ses tourments. Il aimerait poser sa tête sur les jambes de Margot mais a bien trop peur de s'endormir. Il fait si bon à l'ombre du grand arbre. Le jeune homme parle de sa mère qui lui manque. C'était une belle femme, et si douce avec ça. Elle lui faisait toutes sortes de gâteaux pour le consoler. Margot raconte qu'elle a toujours été gâtée. C'est une fille unique. Ses parents ont divorcé, mais ils ont gardé un bon contact. Son père n'habite pas loin de chez elle, ce qui lui permet de le voir souvent. Le seul hic au tableau, c'est sa compagne qui n'est pas très agréable.

— Et toi Jarod, tu étais comment quand tu étais petit ?

— Je ne m'en souviens plus, et puis quelle importance ?

— Ce n'est pas normal. Tu devrais avoir des souvenirs. Tu ne veux rien me dire, c'est ça ?

— Non je n'ai pas de souvenir, c'est tout. L'important c'est le présent, non ?

Margot ne comprend pas. Tout le monde a des souvenirs de son enfance. Comment avancer dans le futur si on ne connaît pas son passé ? Elle ne veut pas que Jarod se renferme comme il le fait à chaque fois qu'il n'a pas de réponse. Cela le déstabilise systématiquement. *On dirait qu'il est né juste maintenant que sa mère est décédée. C'est une pensée bizarre* se dit Margot. Elle voudrait l'aider mais il n'est pas facile de s'immiscer dans son monde. Cet univers contrarié, plein de déchirements et d'incertitudes.

À table, le repas est animé. Cécile reproche à Jules de ne pas l'inviter au restaurant en amoureux.

— Mais pourquoi, toi tu ne m'inviterais pas, dit Jules.

— Alors ça c'est nouveau ! Depuis trois mois, tu me dis que tu vas m'emmener au restaurant. Tu as vu ton grand-père ma caille, ce qu'il me dit ?

— Excusez-moi, Cécile mais je suis assez d'accord avec Jules. Vous pourriez lui faire une surprise, l'inviter dans un bon restaurant, bien que vous soyez une excellente cuisinière. Ce qui compte, c'est qu'il ne s'y attende pas.

— Ah merci Jarod, heureusement que tu es là, sinon, solidarité féminine oblige, elles me seraient tombées dessus toutes les deux. Ma chérie, si tu veux on ira au restaurant en amoureux la semaine prochaine, c'est promis.

— Attention Jules, il y a des témoins, renchérit Cécile.

Jules et Cécile n'en finissent pas de se chercher. Jarod prend la main de Margot qui se rend compte que son amoureux ne cache pas ses sentiments même s'il ne les exprime pas clairement. C'est la première fois qu'il fait ce geste devant ses grands-parents. Margot est heureuse et voudrait pouvoir le crier sous tous les toits. C'est une belle soirée qui se termine par des rires.

Margot accompagne sa grand-mère pour faire visiter l'appartement à Jarod. Des plantes vertes s'épanouissent dans la clarté du jour, un peu partout. C'est un logement spacieux, clair et chaleureux, à l'image de Jules et Cécile. Cette dernière, dynamique et organisée, a laissé une cuisine en ordre en dépit de tout le travail qu'elle a fourni pour faire plaisir à son invité.

— Comment faites-vous pour cuisiner autant en laissant une cuisine impeccable derrière vous ? Vous êtes le contraire de Jules. J'aime bien votre cuisine. Elle est moderne et bien agencée. Je comprends que vous ayez plaisir à faire tous ces bons petits plats.

— Merci Jarod, c'est gentil.

De part et d'autre du couloir, il y a quatre chambres. Jarod aurait reconnu celle de Margot même sans les dessins collés au mur. C'est le refuge d'une jeune fille calme et rêveuse. Deux tableaux sont accrochés au mur. L'un représente une ballerine et l'autre une jeune fille assise au pied d'un arbre avec un livre à la main. Elle ressemble étonnamment à Margot. Dans la salle de bain à la faïence vert pâle avec des motifs plus foncés, le parfum de la jeune fille flotte encore dans l'air. Un peu plus loin, c'est le bureau de Jules que Jarod connaît déjà. Dans cette pièce, Cécile entre le moins possible car après le passage de Jules, il lui semble qu'une tornade est passée par-là. Pendant la visite, le jeune homme ressent un bonheur nouveau, comme si sa vie jusque-là obscure, faisait enfin surface à la lumière.

— Voilà Jarod, c'est la chambre d'ami. Installe-toi comme tu veux. Il y a ce qu'il faut dans le placard mais si tu as besoin de quelque chose, n'hésite pas, fais comme chez toi.

— Merci beaucoup Cécile.

Margot s'approche de Jarod et lui passe les bras autour du cou.

— Je suis contente de te savoir près de moi. Je te souhaite une bonne nuit.

Pour seule réponse, Jarod serre Margot dans ses bras, la soulève et l'embrasse tendrement.

Presque tout le monde dort d'un sommeil profond. Les fenêtres ouvertes laissent entrer une brise légère, ce qui permet de supporter un peu mieux la chaleur. Dans son lit, Jarod a du mal à s'endormir. Il n'a pas d'ordinateur, ni de musique pour l'aider. Ce n'est que vers une heure trente qu'il finit par se retrouver dans les méandres de son subconscient. Il rêve encore de sa mère qui lui tient la main. Ils courent. Par moment, elle regarde en arrière mais Jarod ne peut toujours pas distinguer son visage. Lui aussi se retourne mais ne voit rien. Il entend sa respiration rapide et il est si proche d'elle qu'il peut sentir son parfum. Dans son sommeil, tout se bouscule. Il ne peut comprendre tous ces songes trop décousus. La lune vient vers lui.

— Jarod.

— Pourquoi tu viens ? Je rêvais de ma mère.

— Et c'est tout Jarod ?

— Non bien sûr que non, mais tout est désordonné. Comment veux-tu que je comprenne ? Je n'ai pas le temps de voir quoi que ce soit. Je suis sûr que tu sais toi. Aide-moi s'il te plaît.

— Jarod, ces rêves ne sont pas ce que tu crois.
— Alors qu'est-ce que c'est ? Aide-moi un peu.
— La réponse est en toi Jarod…la réponse est en toi Ja…

Les mots s'éloignent en même temps que la lune. Encore une nuit difficile, sans une réponse qui pourrait le réconforter. Pourquoi lui, qu'est-ce qu'il a bien pu faire pour être aussi malheureux ? Quand arrivera le temps du bonheur ? Ces questions resteront sans réponse tout comme les nombreuses autres. Malgré les éternelles interrogations, il finit par s'assoupir.

15

La famille s'apprête à prendre le petit déjeuner. Jarod regarde l'assortiment de viennoiseries, le pain frais, et cette odeur de café a pour lui quelque chose de rassurant. Il ne saurait dire pourquoi. Il est content de ne pas être seul. C'est un petit déjeuner de roi avec des personnes simples, sans faux-semblant.

— Alors les jeunes, vous avez bien dormi ?
— J'ai dormi comme un bébé papy.
— Et toi Jarod ?
— Oui…enfin je fais beaucoup de rêves. J'ai même rêvé de ma mère.
— C'est normal, dit Cécile. Moi aussi parfois je rêve de mes parents.
— Jules, je manque beaucoup trop le travail et cet après-midi, il faut aller chez le médecin et…
— Ne t'inquiète pas Jarod, tout va bien. J'ai un ami qui vient m'aider à la boutique si besoin, quand tu n'es pas là. Cela lui permet d'arrondir ses fins de mois, alors tu vois tu n'a pas à t'en faire. Et puis, qu'est-ce que tu racontes ? Tu n'as pas manqué un seul jour et quand tu dois aller chez le docteur, c'est toujours à dix-sept heures trente, sauf aujourd'hui. Quand tu t'enfermes, c'est que tu ne vas pas bien. Écoute, tu fais beaucoup de choses dans la boutique et des heures en plus bien souvent. Tu es vaillant, on ne peut pas te le reprocher.
— Tu ne veux pas te défiler j'espère ?

— Non pas du tout, Cécile.

— Il est consciencieux dit Margot en lui lançant un clin d'œil.

Jarod part travailler avec Jules. Le jeune homme inspecte les rayons, note tous ceux qui doivent être approvisionnés ou complétés puis va chercher les produits dans la réserve. Il passe l'aspirateur, lave le sol, prépare les deux caisses. Il fait un travail irréprochable. Une fois terminé, Jarod fait quelques mètres en marchant en arrière puis regarde l'ensemble. Jules le contemple, les sourcils relevés.

— Qu'est-ce qui ne va pas Jarod ?

— Il me semble qu'il manque quelque chose.

— Ah bon ?

Jules à côté de Jarod, les points sur les hanches, regarde lui aussi tout le magasin.

— Non, il ne manque rien, c'est parfait.

Jules se rend compte tous les jours un peu plus que le jeune homme est d'une aide précieuse. Bien sûr, il l'a toujours été, mais il prend beaucoup plus d'initiatives. Il est très pragmatique dans sa façon de gérer l'espace. Il pense que Jarod pourrait peut-être élargir ses compétences, mais il ne sait pas trop comment. Et puis, ce n'est sûrement pas le moment, il est bien trop perturbé. Il doit se concentrer sur sa santé. Cela est beaucoup trop important pour lui, pour son avenir.

Après le travail, Jules et Jarod partent à pied chez le docteur Samuel Pravick. Il n'y a personne dans les rues. la chaleur est étouffante. L'air est presque irrespirable. Un chat fait sa sieste à l'ombre d'un arbre. Il n'y a pas de bruit, tout le monde semble faire la sieste.

Enfin arrivés chez le médecin, Jarod tape à la porte. Le psychiatre ouvre rapidement.

— Bonjour messieurs, entrez je vous prie.

Dans la maison, l'atmosphère est agréable. Il fait presque frais. Jules et Jarod ont du mal à distinguer quoi que ce soit avec les volets à peine entrouverts. Le médecin, conscient de la pénibilité de cette température qui avoisine les quarante degrés, propose à ses visiteurs, une bonne citronnade faite par les soins de la dame qui fait le ménage.

— Merci docteur, ça fait du bien. La chaleur de ce mois d'août n'en finit pas. Dites-moi, Jarod a apporté les clichés du scanner. Est-ce que je peux rester avec vous, si cela ne vous dérange pas ?

— C'est à Jarod qu'il faut le demander car nous allons continuer la thérapie. S'il est d'accord pour que vous restiez, je n'y vois pas d'inconvénients, mais je vous demande de ne pas intervenir dans la conversation.

— Je comprends, docteur. Jarod, est-ce que tu me permets de rester ?

— Oui bien sûr, Jules.

Le temps semble s'être arrêté pour Jarod qui ne peut s'empêcher d'être soucieux. Stressé, il tend les clichés d'une main un peu tremblante. Le docteur les sort de la grande enveloppe et les observe pendant de longues minutes. C'est avec une grande minutie qu'il les étudie, regarde chaque millimètre. Sans les quitter des yeux, il questionne son patient.

— Vous avez regardé vos résultats Jarod ?

— Non.

— Pourquoi ?

— J'avoue que je suis inquiet et aussi, je ne saurais pas les lire.

— Et bien, je vais vous rassurer tout de suite, vous n'avez pas de tumeur ou quelque chose d'approchant. Vous m'avez parlé d'autisme l'autre jour, et pour ma part vous n'avez rien de tout cela non plus. Vous êtes perturbé, c'est indéniable. Mon travail est de comprendre pourquoi ? Vous êtes rassuré ?

— Oui merci.

Le médecin observe son patient. Il attend qu'il dise quelque chose mais manifestement, c'est encore lui qui devra engager la conversation le premier. Jarod n'est pas encore prêt à se livrer ou il en est incapable, ce qui semble plus probable aux yeux du praticien.

— Pouvez-vous aujourd'hui, me parler de vos rêves. Je sais que j'insiste lourdement là-dessus, mais ils ont leur importance.

— La lune me parle toujours et…je ne peux toujours pas comprendre mes rêves… Il y en a beaucoup et ils défilent à une allure qui ne me permet pas…de les saisir. Mais…

— Oui.

— C'est…c'est la deuxième fois que je rêve…je rêve de ma mère. Elle court et moi je peux sentir ma…ma main dans la sienne…ou je peux entendre sa respiration, sentir son parfum.

Le médecin encourage Jarod. Pour avancer sérieusement, il faut y aller en douceur, le laisser parler à son rythme. Le patient ne manque pas de volonté, mais il y a cette chose dans son esprit, cet inconnu, que Jarod a du mal à faire resurgir. Il a besoin d'aide, de mettre des mots à ses maux, à revenir en arrière. C'est le plus compliqué. C'est un travail qu'il ne peut faire seul.

— Jarod, est-ce que vous avez confiance en Jules ?

— Oui bien sûr

— Je veux dire, est-ce que vous lui avez donné votre confiance tout de suite, sans aucune hésitation ?

— Non, ça non. Mais maintenant je n'ai plus aucun doute.

— Est-ce que vous éprouvez de la suspicion envers moi ? Est-ce que vous seriez capable de m'accorder votre confiance ? Surtout, n'ayez pas peur de répondre, cela ne changera rien à la suite.

— Je ne me suis pas posé la question…et…de toute façon je…je n'ai pas le choix. Mais j'arrive à parler avec vous maintenant, c'est…c'est bien, non ?

— Vous ne voulez pas parler de votre père ou vous ne pouvez pas pour l'instant ?

Jarod tente de réfréner sa colère. Parler de cet homme, cet inconnu, ne fera pas avancer les choses. Il ne sait rien de lui ; où il vit, ce qu'il fait alors, pourquoi ? Quel intérêt ? Le jeune homme ne comprend pas l'importance qu'il peut avoir ?

— Je vois que le sujet vous fâche, alors, calmez-vous. Pour le moment, nous allons le laisser de côté et...

— Pour le moment ?

— Oui. Aussi terrible que cela puisse vous paraître, vous avez un père Jarod, mais concentrons-nous sur autre chose.

Les yeux fermés, Jarod passe ses mains sur son front et ses joues. C'est toujours pénible pour lui de répondre aux questions et se demande à chaque fois, ce qu'il fait là. Il ressort systématiquement abattu de ces entretiens. Jules un peu à l'écart écoute attentivement. Il ose à peine bouger sur sa chaise, pour ne pas déconcentrer son protégé.

— Jarod seriez-vous prêt à faire des tests ?

— Des tests, pourquoi ?

— Bien, j'ai demandé à Flaure Marsy, une collègue de longue date, de préparer toutes sortes de tests qui n'ont rien à voir avec ceux que l'on connaît en général. Ils sont prêts et si vous êtes d'accord, elle les emmènera ici. C'est seulement quand j'aurai les résultats que je vous donnerai les explications.

— Je...je ne sais pas.
— Vous ne risquez absolument rien vous savez. J'ai seulement besoin de confirmer une idée. Juste ou erronée, je vous dirai tout. C'est promis.
— Je vous téléphonerai pour vous donner une réponse. J'ai ...j'ai besoin de réfléchir.
— Très bien, mais ne réfléchissez pas trop longtemps. Que vous dit la lune ? Il y a bien une chose que vous garder en mémoire ?
— Elle...elle me répète sans cesse que...que je ne me connais pas...
— Je crois Jarod, que je pourrais vous dire la même chose. On va s'arrêter là pour aujourd'hui.
— Excusez-moi docteur, je peux vous parler ? Tu peux rester Jarod, il n'y a pas de souci, sinon rentre mon garçon. Je ne vais pas retenir le médecin longtemps.
— Je rentre Jules. Au revoir docteur.

Le docteur Pravick raccompagne Jarod. Il sait que son patient va repenser à la conversation et chercher des réponses. Il sait aussi que l'idée des tests va encore un peu plus mettre à mal sa confiance en lui.

Jarod ne peut s'empêcher d'être soucieux. Tout le perturbe. La moindre petite allusion lui fait perdre son assurance déjà bien peu évidente. Il lui semble qu'à chaque fois qu'il commence à se sentir mieux, quelque chose vient le contrarier. C'est sous une chaleur écrasante, que le jeune homme marche d'un pas rapide dans les rues désertes. Il ressent une certaine colère sans pouvoir se l'expliquer.

— Docteur, est-ce que cela ne vous dérange pas de faire ces consultations ? Vous êtes à la retraite et je me dis que peut-être vous aimeriez un peu de tranquillité.

— Jules, je suis à la retraite et j'ai le temps d'en profiter. Je vous rassure. Mais Jarod est un garçon particulier et fascinant à la fois et il est clair qu'il ne se connaît pas. J'ai bien peur qu'il ne soit pas conscient d'un tas de choses d'ailleurs. Il fait un blocage et pour guérir, je devrais l'obliger à parler, à le sortir de sa zone de confort, d'une certaine façon. Ce sera dur mais il devra en passer par là. Je suis sûr que nous y arriverons. Il ne peut en être autrement, en ce qui me concerne.

— Et vous m'en voyez ravi. C'est un garçon introverti, mais il fait beaucoup de progrès. J'ai souvent envie de savoir ce qui se passe dans sa tête. Il a une personnalité difficile à cerner. Les tests dont vous parliez tout à l'heure, c'est pour quelle raison ? S'il avait un problème quelconque, vous me le diriez n'est-ce pas ? C'est qu'on l'aime ce petit et Margot ma petite fille alors !

— Je comprends et vous en saurez plus si Jarod accepte de les passer.

— Bon c'est très bien docteur. Je vous laisse. Je m'abstiendrai de lui parler de ces tests, mais s'il me demande mon avis je lui conseillerai de les faire. J'avoue que nous avons parfois du mal à le suivre. Et puis, c'est à lui de décider.

— Vous avez raison, la décision lui appartient. Elle doit venir de lui et seulement de lui.

— Au revoir docteur et merci pour tout.
— Au revoir Jules.
Jules n'est pas un professionnel, mais il comprend la démarche du docteur. C'est vrai que Jarod n'est pas un garçon comme les autres. Et plus le temps passe et plus son affection pour lui est grandissante. Il serait prêt à faire n'importe quoi pour lui et si le jeune homme n'a pas une entière confiance envers le médecin, Jules lui, sait que c'est un homme sérieux. Il n'a absolument aucun doute là-dessus.

Jarod a besoin d'une coupure, chez lui et de regarder un film sur son ordinateur, mais tout tourne en boucle dans sa tête. Il fait des efforts énormes pour essayer d'analyser les questions du docteur, mais il est incapable de faire un retour en arrière. Il a l'impression de ne pas avoir de passé. Il ne connaît que son présent et l'avenir, il préfère ne pas y penser maintenant. Sa tête lui semble vide, mais il prend conscience qu'il a peur de ce qu'il pourrait enfin découvrir. Il ressent un grand désarroi. C'est l'inconnu qui fait peur. Il n'a plus envie de continuer la thérapie. À chaque fois qu'il a dans l'idée d'arrêter avec le médecin, il a un peu honte parce qu'il se sent fragile.

Son ordinateur allumé, il regarde défiler les images, mais il a la tête ailleurs. L'attention n'est pas au rendez-vous. Il lutte pour ne pas s'assoupir, mais une fois les yeux clos, la lune est là.
— Jarod.
— Oui.

— Je t'attendais, Jarod.

— Pourquoi ? Je veux abandonner ENCORE, la thérapie, ce n'est pas un scoop pour toi, alors avec des métaphores tu voudras me faire comprendre que je fais une erreur. C'est bien de cela qu'il s'agit ?

— Tu me connais bien plus que tu ne te connais.

— Non. C'est pure déduction. Tu sais tout ce que je fais et dis alors…Et puis, laisse-moi, je n'ai aucune envie de discuter avec toi. Tu me fatigues.

— Je suis ton amie, Jarod.

— Non, pas cette fois.

16

Jarod se réveille très tard dans la matinée. C'est son jour de congé. Il reste un peu dans son lit en regardant le plafond comme il le fait si souvent. Il l'utilise comme un écran de cinéma, sauf que c'est lui le metteur en scène. C'est lui le chef d'orchestre. C'est lui encore qui crie « action ». Sur cette étendue de blanc, il imagine, invente des scénarios. C'est sa façon à lui de s'évader quand l'ordinateur est éteint. Il s'est rendu compte en parlant avec le docteur Pravick qu'il ne lit jamais. Ce n'est pas faute d'avoir essayé, mais il a besoin de voir les choses bouger. Les mots eux, sont statiques. Ils n'ont pas de formes particulières. Ils sont alignés bien en ordre les uns derrières les autres. Il y a une suite logique, une cohérence, tout est réglé comme du papier à musique. Les mots vous informent, bien sûr il faut parfois lire entre les lignes. Le mystère se cache peut-être derrière, mais il ne sait pas, puisqu'il n'arrive pas à figer son regard sur la lecture. En vérité, elle l'ennuie. Quand il découvre un film, c'est différent. Les personnes sont en mouvement. Il les observe avec attention. Les actions, les mots prononcés, l'expression des visages, tout est passé au crible. Il faut être rapide, concentré pour analyser l'ensemble. Chaque personnage a ses failles, ses intentions. Les actes sont étudiés mais ce que Jarod aime, c'est tenter d'anticiper. Chaque manœuvre a des conséquences, préméditée ou pas, Jarod peut connaître tout ce qui en découlera du côté du bien ou du mal. Il est capable de tout analyser mais curieusement, cela lui échappe.

Il décide en début d'après-midi, d'aller voir Margot qui doit l'attendre. Elle l'accueille, ravie. Cécile vient l'embrasser, c'est la première fois. Il a un petit mouvement de recul, puis se laisse faire. Sur la table, il y a une belle tarte aux pommes faite maison qui donne envie à Jarod.

— Assieds-toi, on allait justement prendre un café. Tu prendras bien une part de tarte ?

— Bien…si vous insistez.

Jarod a le sourire en disant ces mots. Bien sûr qu'il prendra de la tarte, c'est un fin gourmet lui aussi. S'il était aussi bavard qu'il est gourmand ! De plus, il n'a rien avalé depuis la veille. Quand il est chez Jules et Cécile, il n'a plus envie de repartir. Il se sent bien avec eux. Il n'a jamais eu de famille, enfin, c'est ce qu'il croit. Il n'avait que sa mère dont l'absence laisse un grand vide. Alors, en leur compagnie, il n'est plus seul. Il aime ces personnes plus qu'il ne s'en croyait capable, et Margot. Ah Margot ! Si elle savait à quel point il l'aime. Mais sa pudeur, sa timidité et ses doutes perpétuels le retiennent. Il voudrait pouvoir extérioriser tout ce qui se passe en lui, avoir la faculté de manifester toutes ces choses qui brouillent son esprit, pouvoir les cibler, mettre un nom dessus pour enfin être libéré de cette souffrance indescriptible. Dans sa tête c'est le chaos, comme s'il se trouvait au milieu d'une foule immense et très compacte sans pouvoir s'en extirper.

— Hm ! Cette tarte aux pommes est un délice.
— C'est Margot qui l'a faite, répond Cécile.

Jarod surpris, observe la jeune fille avec un regard attendrissant.

— Tu as des dons, Margot.
— Merci Jarod. Alors qu'est-ce que t'as dit le médecin ? On ne me tient pas au courant. Il n'y a pas de problème, n'est-ce pas ? La prochaine fois, j'aimerais être présente…enfin si tu es d'accord, bien entendu.
— Je ne sais pas s'il y aura une prochaine fois. Je lui ai déjà tout dit, tout cela ne sert à rien. J'en ai assez de toutes ces questions. Je n'ai pas de réponses et je n'en aurai pas plus demain.
— Les thérapies prennent toujours du temps. Le médecin est là justement pour t'aider à trouver des réponses et à mettre des mots sur ce que tu ressens. Abandonner serait stupide.
— Et bien c'est peut-être parce que je suis stupide. C'est ce que tu veux dire, c'est bien ça ?
— Allons les enfants, se disputer ne vous mènera à rien, s'interpose Cécile.

Les deux jeunes gens ne disent plus un mot. Chacun plonge le regard dans celui de l'autre et aucun ne veut céder. C'est un rapport de force qui se terminera soit par une grande déception, soit par un retour en arrière. Margot ne peut imaginer le calvaire que le jeune homme vit et lui ne comprend pas ce qui la contrarie.

— Vous êtes à l'opposé tous les deux et pourtant, vous allez très bien ensemble. Cela vous échappe, on dirait.

Finalement, Jarod repart contrarié. Il se sent tiraillé et ne sait plus ce qu'il doit faire. Il a depuis longtemps pris les décisions tout seul et il ne supporte pas que quelqu'un lui mette la pression. Il a besoin d'aller à son rythme, de trouver un sens à tout ce qu'il fait et pour cela, il lui faut un temps de réflexion. Il a du mal à comprendre ce qui lui arrive mais il sait qu'il va se retrouver dans une situation délicate dont il n'aura pas le contrôle. Sa vie va prendre une tournure dangereuse. Il perçoit un bouleversement imminent qui va la faire basculer. Il ne peut s'empêcher d'avoir peur. Il sent qu'il est sur un terrain glissant, que la chute va être terrible. Tout son corps le ressent comme une prémonition ou quelque chose de fort, de palpable. C'est dans l'air, et dans son ADN. Il a développé au cours de sa vie ce sixième sens, celui de sentir le danger arriver. Il est là, tout près. La peur, c'est tout ce qu'il connaît. Dans la salle de bain, appuyé sur le lavabo, Jarod essaie de contrôler sa respiration. Il inspire fort, puis perdu, pleure sans retenue pendant de longues minutes.

— Qu'est-ce qui ne va pas chez moi bon sang, crie Jarod en sanglotant.

Il a parfois honte d'être comme il est. Il se sent vulnérable et souvent incompris. Il n'arrive pas à expliquer pourquoi il fait deux pas en avant un jour, puis trois en arrière les jours d'après. Dans ces moments d'incertitude,

Jarod a du mal à canaliser sa nervosité. Il se traîne jusqu'à son lit, s'allonge et enfouit son visage dans les coussins, quand quelqu'un tape à la porte. Il croit d'abord rêver puis se lève et va ouvrir. Margot est là, elle attend que Jarod l'invite à entrer.

— Qu'est-ce que tu veux ? Je suis un crétin et toi, tu n'as rien à faire avec un crétin comme moi. Je suis sûr que nous sommes d'accord au moins là-dessus.

— Tu es en colère ou agacé, je ne sais pas alors tu dis n'importe quoi. Je veux juste te parler mais je ne peux pas rester longtemps. Je dois partir avec ma grand-mère.

Jarod laisse la jeune fille entrer. Il la regarde, les yeux plissés. Il ne sait pas ce qu'elle va lui dire, mais il s'attend à des reproches et des cris alors il attaque le premier.

— C'est incroyable ça. Tout le monde semble savoir mieux que moi ce qu'il me faut. Pour information, le médecin veut me faire passer des tests. DES TESTS Margot !

En disant ces derniers mots, Jarod a élevé la voix.

— Ce n'est pas si terrible. Si tu veux, je passerai ces tests avec toi. Pourquoi refuser ? Réponds, Jarod.

Jarod ne dit rien. Il hausse juste les épaules. Il ne sait pas pourquoi, mais il sent qu'il ne doit pas les faire. Il voudrait donner des raisons valables, mais il n'a aucun argument sérieux à formuler.

— Écoute Jarod…

— Oui, je t'écoute. Je ne fais que ça. J'aimerais que l'on m'écoute à moi aussi, mais ce que je dis n'a semble-t-il aucun sens, ni poids. Tout ça me perturbe mais, je ne sais pas…je ne sais pas pourquoi. C'est sûrement difficile à comprendre pour toi, mais c'est un fait, je n'y arrive pas…

— Et c'est pour cette raison que tu dois faire confiance à ce médecin. Il paraît qu'il est à la retraite mais il veut t'aider. Ça ne compte pas pour toi ? Tu as cette chance alors saisie là. Mais tu as le droit de refuser, c'est à toi seul de prendre la décision. Je te laisse, ma grand-mère m'attend en bas dans la voiture. Au revoir Jarod. Donne-toi un peu de temps au moins, avant de prendre une décision que tu regretteras peut-être plus tard.

17

Les jours passent, Jarod travaille et rentre directement chez lui. Il n'a pas envie de parler. Les discussions ne doivent pas tourner autour de lui. Il a besoin de silence et pour cela, il choisit de s'isoler pour prendre une décision. Il est convaincu que tout le monde pense qu'il manque de courage, mais ce qu'il éprouve met un frein à ses décisions. Il doit faire confiance à son instinct et à son pressentiment.

Au magasin rien n'a changé et Jules est comme d'habitude. Il ne veut surtout pas revenir à la charge mais lui confie que Margot n'aurait pas dû aller le voir pour le faire changer d'avis. C'est sa vie après tout, lui seul sait ce qu'il peut faire ou pas. Mais Jules et Cécile sont inquiets pour le jeune homme qui a l'air particulièrement désemparé.

Jarod, sur un coup de tête, commence à faire du sport chez lui. Il fait des pompes et d'autres exercices encore pour se défouler. Il a de l'énergie et ce que renvoie le miroir lui déplaît. Alors avec régularité et obstination, il se lance dans le programme qu'il s'est lui-même préparé. Chaque jour, il prend plus d'une heure pour se mettre en forme. Tout son corps lui fait mal et le soir, il se jette sur son lit de tout son poids pour regarder un film. Aujourd'hui, il a une autre idée en tête. Il cherche sur Google le nom du médecin Samuel Pravick, psychiatre. Les commentaires sont élogieux, ce qui fait réfléchir le jeune homme. Cela fait des jours qu'il n'a pas vu Cécile, et Margot lui manque. Il décide de faire le pas et de leur rendre visite, même s'il redoute d'être rejeté. Les battements de Jarod tapent fort dans sa poitrine. Il sonne chez Jules avec une certaine appréhension.

— Ah Jarod, ce que je suis contente de te voir ! Je croyais que tu nous avais oubliées à toutes les deux. Tu sais je pensais venir te voir, mais comme tu travailles avec Jules et qu'il ne m'a rien dit, il n'y avait pas vraiment de quoi s'inquiéter.

— Excusez-moi Cécile. Je ne vous ai pas oubliées, mais j'avais besoin d'être un peu seul pour faire le point.

— Il n'y a pas de problème, à moi aussi il m'arrive d'avoir envie de solitude, enfin juste un peu. Viens, on va s'installer et prendre un café avec une part de gâteau. Les douceurs rendent la vie plus douce, pas vrai ?

— Peut-être. Je ne sais pas. Vous savez prendre la vie avec une certaine philosophie. Il faudra me dire comment vous faites, parce qu'en ce qui me concerne, je vois les choses en noir sans même savoir pourquoi. Pourtant, je n'ai pas à me plaindre. Je vous ai à tous les trois, mais il y a quelque chose qui bloque là, dans cette chose qui me sert de tête. Je le sais, je le sens, mais je n'arrive pas à l'exprimer, pire encore je ne connais pas la raison. J'ai peur, de qui ? De quoi ? Je ne sais pas.

Jarod n'arrive pas à mettre de l'ordre dans tout ce qui le trouble et le perturbe. Il sait qu'il a besoin d'aide et de soutien. Il veut avoir des réponses à toutes ses questions qui le tenaillent et se libérer d'un fardeau dont il ne connaît pas la source. Il sait aussi qu'il n'y arrivera pas tout seul, alors depuis des jours, il fait le point et il doit bien le reconnaître, Margot a raison. Le docteur Pravick est là pour l'aider. Il lui consacre du temps gratuitement. C'est un homme compétent et patient aussi. Pas une seule fois il n'a insisté pour avoir des réponses. Il respecte le fait que le jeune homme ne peut ou ne veut pas répondre. Il fonctionne de cette façon et doit savoir comment s'y prendre avec les personnes comme Jarod. Il arrive tout doucement à le faire parler, à prendre confiance.

— Cécile, Margot a raison, il faut que je continue la thérapie. Je sens que je suis au bord du gouffre, prêt à m'effondrer. C'est à moi de choisir quelle direction prendre. Je veux en finir avec mes démons et pour cela, je dois avoir du courage pour les affronter. Ce sera sûrement une longue bataille mais, à la fin, je trouverai peut-être la paix intérieure, mais...

— Mais tu hésites, c'est effrayant. Tu sais, c'est toujours difficile ce genre de chose, mais tu dois être aidé si tu veux avancer dans ta vie. Tu ne sors jamais. Tu ne fais confiance à personne, à commencer par toi et c'est incroyable l'opinion que tu as de toi-même. Personnellement, je n'ai pas l'intention de te dire ce que tu dois faire, parce que c'est ta décision, mais...

— Oui mais dites-le-moi quand même Cécile...s'il vous plaît.

— De mon point de vue, tu as pris une décision qui changera ta vie. Ce n'est pas anodin de faire cette démarche. Il faut parfois écouter la petite voix qui te souffle les choses. Consulter est une bonne chose, et ce serait vraiment dommage d'arrêter maintenant. Personne ne pourra faire tout cela à ta place. Si tu veux prendre ta vie en main, il te faut admettre que c'est la seule solution possible. Nous ne voulons que ton bonheur alors...

— Je retourne tout ça dans ma tête depuis des jours. Oui…oui je vais reprendre contact avec le docteur Pravick. C'est bien pour moi.

— À la bonne heure !

Le docteur Samuel Pravick est content du coup de téléphone qu'il vient de recevoir. Il va pouvoir suivre ce garçon qu'il trouve surprenant par tout ce qu'il raconte, mais aussi parce qu'il y a chez lui quelque chose qui attise sa curiosité. Il lui faut être à la retraite pour avoir la chance, c'est de cette façon qu'il le ressent, de rencontrer un patient avec une personnalité aussi complexe. Le rendez-vous est à quatorze heures. Il n'est pas question de le rater.

Le temps est gris et maussade, pour Jarod c'est un signe, mais il n'a pas l'intention de faire machine arrière. Il est en route pour la visite chez le médecin et comme à chaque fois, il se sent nerveux. Il a quelques difficultés à respirer normalement. Il est tout seul cette fois, mais à la prochaine visite, Margot l'accompagnera. C'est une promesse qu'elle compte tenir. Le garçon se tient quelques minutes devant l'entrée sans pouvoir frapper. Il reste là sans bouger. Il se sent presque mal. Il pose son front sur la porte en bois, ferme les yeux et essaie de se ressaisir car parler avec le médecin est pour lui une source de tension. Il n'y peut rien, ce face à face avec le psychiatre est éprouvant.

 Le médecin ouvre la porte et voit son patient pâle, au bord du malaise.

 — Tout va bien Jarod ? Vous avez l'air…fatigué ?

 — Non ce n'est rien.

 Jarod entre dans le bureau et s'assied sur le fauteuil. À l'intérieur, il fait bon. C'est agréable.

 — Tenez, buvez ce jus de pomme. Alors, vous avez eu du mal à vous décider ? Madame Flaure Marsy ne va pas tarder à arriver avec les tests. Qu'est-ce que vous avez fait durant tous ces jours, Jarod ?

 — Bien…j'ai travaillé au magasin et j'ai commencé à…à faire du sport chez…chez moi.

 — C'est une bonne chose ça. C'est bien Jarod. Voilà Flaure, toujours à l'heure. Excusez-moi je vais lui ouvrir.

 Jarod, assis sur le fauteuil, a envie de courir, de partir loin, très loin, de son village, de sa région, du monde peut-être aussi. Ses mains moites tremblent. Sa respiration est saccadée. Il se lève avec difficulté quand Flaure Marsy entre dans la pièce.

 — Flaure je te présente Jarod, c'est lui qui va passer les tests.

— Enchantée Jarod. Vous avez l'air stressé, mais il n'y a pas de quoi, alors détendez-vous. Je suis sûre qu'une fois que vous serez lancé, tout ira bien. Comme Samuel vous l'a dit, vous allez passer des tests. Bien que cela soit inhabituel à ma connaissance, vous devez faire confiance au docteur Pravick. D'accord ? C'est moi qui les ai préparés. J'y ai passé un peu de temps, mais je suis presque sûre que vous…

— Excusez-moi de vous interrompre madame…

— Appelez-moi Flaure.

— Ce sont quels genres de tests ?

— Maths, histoire, biologie et bien d'autres choses encore.

— Mais je n'ai pas…pas fait d'études. Et puis…je ne lis jamais. J'ai…j'ai besoin de voir les…les images bouger. La lecture, elle…ne bouge pas. Je ne sais pas si je serai capable…

— C'est curieux ce que vous me dites là, mais ne vous inquiétez pas. Faites ce que vous savez. Il y a des choses simples, d'autres un peu compliquées, puis des très complexes. Il n'y a aucune pression à avoir, alors Jarod, soyez tranquille d'accord ? Faites ce que vous pouvez. J'ai mis des stylos, des brouillons à votre disposition sur le bureau de Samuel, si vous en avez besoin. Regardez, tout est là. Nous, nous allons dans une autre pièce pour ne pas vous déranger. Prenez quelques minutes pour vous calmer et lancez-vous. Allez, c'est parti Jarod ! Flaure a dit ces derniers mots avec un grand sourire, ce qui a un peu rassuré le garçon. Une fois installé derrière le bureau, Jarod regarde, effrayé, la vingtaine de feuilles. Il ne fait que les survoler. Il ne comprend pas pourquoi le fait d'être perturbé nécessite ces tests de culture. À quoi peuvent-ils servir ? Les maths ne l'aideront pas à trouver un équilibre, ni le reste d'ailleurs.

La cuisine est spacieuse et tout équipée. On peut se demander si quelqu'un prépare les repas ici, rien ne dépasse. Tout est en ordre. Elle brille comme un sou neuf. Le médecin de Jarod et Flaure Marsy, elle aussi psychiatre, sont impatients de voir ce que les tests vont donner. Le docteur Pravick est quasiment sûr de lui. Il veut juste en avoir le cœur net.

— Flaure, il y a vraiment des tests faciles ?

— Non. Je ne suis pas fière d'avoir menti, mais il avait l'air tellement stressé. Pour tout te dire, j'ai mis un temps fou à les concevoir, et j'ai même demandé de l'aide à des professeurs de faculté. À quoi tu t'attends au juste ? Et puis, qu'est-ce qu'il a ce gamin ?

— Je ne peux pas te le dire pour l'instant, mais les tests parleront d'eux-mêmes. Combien de temps faut-il pour les faire ?

— Il y en a beaucoup, quatre bonnes heures sont nécessaires.

Flaure Marsy est un médecin qui approche la cinquantaine, bien qu'elle paraisse plus jeune. C'est une femme élégante qui semble sûre d'elle. Grande et élancée, elle est toute de blanc vêtue dans un style bohème. Ses yeux marron sont pétillants et ses cheveux sont rassemblés en une tresse qui descend en dessous des épaules. Son allure fait penser aux hippies des années soixante. Elle a décelé dans le regard de Jarod, une certaine inquiétude qu'elle a essayé de dissiper en le gratifiant d'un large sourire.

    Pendant que Jarod est penché sur ses tests, les deux collègues profitent de cette occasion pour parler d'eux, de leur vie.

    Il est quinze heures trente quand Jarod s'approche timidement de la cuisine. Flaure et Samuel se regardent, étonnés. Le docteur Pravick ne peut s'empêcher d'être déçu. Jarod ne peut avoir terminé aussi vite. *Il a certainement abandonné à cause de la difficulté des tests.*

    — Vous avez déjà fini Jarod ? demande Flaure.

    — Oui. Je vous les donne à vous ?

    — Oui s'il vous plaît. Je communiquerai les résultats à Samuel le plus rapidement possible. Vous voyez, c'est terminé vous pouvez vous détendre. Quant à moi, je vais vous laisser continuer. Je suis heureuse d'avoir fait votre connaissance, Jarod.

    — Attends Flaure, je te raccompagne. Jarod, asseyez-vous, je reviens de suite.

    Jarod se sent vidé après ce qui ressemble à un examen. C'est une sensation désagréable. Il est content de l'avoir fait, personne ne pourra lui reprocher de s'être défilé. Il se demande ce que va être la suite. C'est un chemin compliqué, avec des conséquences qui ne feront qu'augmenter son mal être. Il en est sûr. Sa vie va s'arrêter, l'abîme n'est pas loin mais il se trompe peut-être, alors il continue. Quelques minutes plus tard, le médecin revient dans le bureau, les mains dans les poches. Il s'installe devant l'ordinateur, tape quelques mots, puis vient s'asseoir près de Jarod. Il observe le jeune homme, un peu déconcerté. C'est la première fois qu'il ne sait pas trop où il va avec un patient. Ce garçon est difficile à cerner car trop introverti. Il s'avoue pourtant heureux d'avoir fait sa connaissance, quels que soient les résultats. Il veut l'aider, l'accompagner dans sa démarche pour trouver des réponses qui lui font tant défaut. Il faut que son patient soit capable de ne plus douter autant de lui.

— Que dites-vous de tout cela Jarod ?

— Je ne comprends pas ce que vous voulez. Faire des tests ne m'aidera pas à aller mieux. Je trouve que les gens ont des…des attitudes bizarres.

— Vous me trouvez bizarre alors ?

— Oui…enfin…non mais, votre idée de tests n'a pas de corrélation avec mon…mal être.

— Vous avez en partie raison, mais quelquefois il est nécessaire pendant une thérapie de prendre certaines décisions et avoir une autre approche. C'est pour tout le monde pareil d'ailleurs. Il faut voir les choses dans son ensemble. Pour connaître la personnalité d'un ou d'une patiente, il faut la voir dans tout ce qui fait d'elle, une personne à part entière. Sa vie, sa famille, son travail etc. Les choses s'imbriquent les unes aux autres, se complètent et quand l'un de ces paramètres est en difficulté par exemple, alors tout peut être déséquilibré. C'est un peu compliqué.

— Mais vous vous attendez à quoi au juste avec ces tests ?

— Et vous ?

— C'est agaçant, vous répondez par des questions.

— Vous êtes toujours aussi direct ? La prochaine fois que vous viendrez, vous vous allongerez et nous essayerons tout doucement de faire un retour en arrière. C'est-à-dire, qu'une fois que vous serez détendu, tout en étant conscient, les choses vont resurgir dans votre esprit. Ce sera peut-être difficile, mais c'est un mal nécessaire.

— Très bien, mais vous n'avez pas répondu à ma question.

— Et bien vous saurez tout le moment venu. Je suis désolé, mais vous allez devoir vous contentez de cette réponse pour l'instant.

— Je voudrais que Margot m'accompagne la prochaine fois.

— Margot c'est votre petite amie ?

— Oui.

— Vous croyez que c'est mieux pour vous ? Nous en reparlerons. Pour aujourd'hui nous allons arrêter là. Vous revenez demain à quatorze heures. Nous sommes d'accord ?

— Oui.

18

De retour chez lui, Jarod se jette sur son lit et glisse tout doucement dans un sommeil lourd. Le fait d'avoir parlé avec le médecin fait renaître des tas d'images qui se bousculent dans son inconscient. Ces rêves qui s'enchaînent, témoignent du désordre psychologique de Jarod et peut-être aussi de sa souffrance. Il est avec sa mère qui se le sert dans ses bras. Il ne voit toujours pas son visage. L'instant d'après il est assis dans un coin de sa chambre. Ce sont sûrement des épisodes de sa vie, mais Jarod ne les comprend toujours pas. Il n'y a aucune suite logique pour donner un sens à tout cela. Puis la lune met un terme à tous ces songes qui s'entremêlent. Comme à son habitude, elle s'impose en murmurant tout un tas de choses.

— Jarod.
— Oui.
— N'aie pas peur, Jarod.
— Peur ? Peur de quoi ? Pourquoi ? La lune, attends ! ...attends ! Peur de quoi ?...

Jarod se réveille brusquement. Il a entendu cette déclaration comme un avertissement, ce qui le paralyse pendant un moment. Il essaie pour la première fois, de chercher au fond de lui ce qu'il redoute, mais rien ne vient, pas un soupçon de vérité. Décontenancé, il décide de prendre une douche pour se délasser quand le téléphone sonne. C'est Jules qui l'invite à prendre le repas avec eux, ce qu'il accepte de bonne grâce. Il s'attache petit à petit à ces gens si gentils avec lui. Il les considère un peu comme sa famille, avec eux la vie lui paraît plus belle et Margot est pour lui une source d'inspiration, d'une certaine façon. Elle lui fait penser à un de ces tableaux où le paysage est féérique et la personne représentée, venue d'ailleurs. Avec elle, il se sent vivant, il ne saurait l'expliquer mais elle lui impulse de l'énergie. Elle le pousse à aller plus loin même au risque de le contrarier. Elle n'est pas consciente de tout cela mais peu importe, lui le sait et c'est bien suffisant. Ces choses qu'il garde pour lui, parce qu'il est incapable de les dire de peur de souffrir car trop se dévoiler n'est pas une chose à faire. Il faut taire certains sentiments bien au chaud, et les garder pour soi. Ce n'est pas par égoïsme loin de là. C'est pour se protéger de ce qu'il pourrait arriver s'il se mettait à nu. Margot ouvre la porte et accueille Jarod avec une mine réjouie. Elle s'approche du jeune homme pour mettre ses bras autour de son cou et le serrer très fort, mais Jarod recule un peu, ce qui surprend la jeune fille. Le geste est si spontané qu'il paraît presque agressif. Il est encore difficile pour lui de laisser les autres s'approcher de trop près. Il sourit en guise d'excuse et la prend dans ses bras tendrement. Les amoureux restent un instant l'un contre l'autre sans dire un mot car parfois, ils ne servent à rien, seul le geste compte, exprime tout.

— Aller les enfants, venez-vous mettre à table.

— Ah ! J'ai une faim de loup Cécé ! Qu'est-ce que tu nous as fait de bon ?

— Oh il fait chaud tu sais, alors un poulet rôti avec des haricots verts. Et j'ai fait un gâteau, ça te va Jules ?

— Mais oui ma Cécé, du moment que tu es là avec moi, tout va bien.

Assis autour de la table, ils sont heureux d'être réunis. Jarod se sent à l'aise et apprécie ces moments qui lui font tout oublier. Dehors les cigales se font entendre de plus belle.

— Je ne me lasse pas d'entendre les cigales chanter. C'est l'hymne de l'été en quelque sorte. J'aime les écouter parfois, quand il n'y a aucun bruit dehors. Je trouve ça apaisant, pas vous ? demande Jarod.

— Moi pas vraiment. Nous avons tellement l'habitude, que nous ne faisons plus attention, je crois. Dis-moi Jarod, si ce n'est pas trop indiscret, qu'est-ce qu'il s'est passé cet après-midi chez le docteur Pravick ? demande Jules.

— Une dame est venue, Flaure Marsy, elle est médecin elle aussi. J'ai dû passer des tests de culture générale. Je suis retourné à l'école pour faire des devoirs, l'horreur.

— Et tu les as réussis ?

— Je ne sais pas Jules. Je ne comprends pas à quoi tout cela sert. Je me demande parfois dans quel monde je vis. Il y a peut-être un lien entre ma santé mentale et mon niveau de culture. Je passe trop de temps devant mon ordinateur et peut-être que cela m'abrutit. Le docteur dit qu'il faut parfois changer de direction dans les thérapies…

— Jarod, le médecin n'est pas fou. Il sait ce qu'il fait. Ne t'inquiète pas. On dirait que tu as un peu grossi, non ?

— Je ne sais pas. Je fais du sport chez moi, tous les jours, ça me fait du bien. Je me défoule.

— Tu es très beau ! S'exclame Margot.

Tout le monde rit, même Jarod qui a les joues qui s'empourprent légèrement. Ils restent autour de la table jusqu'à vingt-deux heures trente, quand le jeune homme décide qu'il est temps de laisser ses hôtes. Cécile voit bien qu'il a du mal à partir. Elle lui propose de rester, sa chambre est toujours prête.

— Je ne veux pas vous déranger…

— Ne dis pas de bêtises voyons. Tu viens quand tu veux, ça nous fait plaisir de t'avoir avec nous. Il y a une brosse à dent dans son étui dans la salle de bain. Elle est pour toi. Alors tu vois c'est une preuve ça, non ?

— Merci Cécile. Je n'ai pas mes affaires alors je partirai de bonne heure demain matin. Je travaille.

Le jeune homme s'approche maladroitement de Cécile pour l'embrasser et lui souhaiter bonne nuit ainsi qu'à Jules. Il dépose un baiser sur la joue de Margot et part se mettre au lit. La journée avait été stressante et cette soirée était une bonne chose pour Jarod. Elle lui a permis de prendre un peu de recul, de faire une pause. Il lui semble que son esprit est bouillonnant, car des tas de questions lui viennent en tête ainsi que des visions. Elles sont parfois envahissantes. Tout ce désordre mental le déstabilise et l'oblige à la vigilance, s'il ne veut pas craquer. Il a tous ces flashbacks qui s'imposent à lui de façon si soudaine, qu'il ne peut les interpréter. Dans ces moments-là, il a la sensation de perdre la raison. Les flashbacks sont comme ses rêves ; nombreux, rapides et confus.

Jarod prend plaisir à se mettre au lit, mais une petite voix dans sa tête lui souffle que le pire est à venir. Il est convaincu que les jours qui vont suivre vont être pour lui un véritable cauchemar. C'est le médecin qui sera la source de ses problèmes. Il veut sonder son inconscient, poser des questions pour aller chercher en lui tout ce qui le tourmente depuis bien trop longtemps maintenant.

La nuit passe paisiblement, aucun rêve n'est venu perturber le sommeil du jeune homme. La lune ne s'est pas manifestée comme elle le fait toutes les nuits. Le matin, Jarod se lève de bonne heure sans faire de bruit. Il passe d'abord chez lui sans prendre de petit déjeuner, puis rejoint Jules au magasin. Le ciel est d'un bleu limpide et l'air est doux. Jarod habite tout proche de son travail. Il marche sans se presser pour profiter de ce moment. Arrivé à la boutique, il voit Jules qui fait le ménage. Jarod s'approche de son patron pour lui enlever l'aspirateur des mains.

— Laissez-moi faire Jules. Cet après-midi je vais chez le médecin alors il faut que je me bouge ce matin. Ce n'est pas à vous de faire ça.

— Bon dans ce cas, je te laisse. Je monte au bureau pour me bagarrer avec la paperasse. Quelle corvée je te jure !

Jarod regarde Jules s'éloigner, en souriant. Il n'aimerait pas être à sa place, faire les papiers n'est pas une activité qui l'intéresse. Il va dans la réserve où une tornade semble être passée. Il prend l'initiative de fixer des étagères au mur, qui trainent dans un coin. Il ne comprend pas pourquoi elles ne sont pas à leur place. Puis une fois le rangement de la réserve terminé, il fait un grand ménage. L'endroit ne ressemble plus à ce qu'il était au début. Jules s'y retrouvera plus facilement avec toutes les étiquettes que Jarod a pris soin de coller. Dans le magasin, les rayons sont bien achalandés, et tous les produits étiquetés. Il lave le sol et s'occupe des caisses. La boutique a changé d'allure, les clients peuvent arriver.

Il ne sait pour quelle raison, mais le fait d'être actif lui permet de garder le cap et de prendre un peu confiance en lui. Il ne trouve pas son travail intéressant, mais il le fait avec entrain. Devant le médecin, il bafouille, les mots n'arrivent pas jusqu'à sa bouche. Il n'est pas à l'aise. Mais doit-on l'être devant un psychiatre qui est là pour vous faire sortir de votre silence ? Jarod sait que certains sujets le font réagir rudement. C'est quelque chose qu'il a du mal à maîtriser. Il n'est pas violent physiquement, mais avec les mots sa voix monte et son regard parle de lui-même.

La matinée passe très vite pour le garçon, qui ne prend pas le temps de déjeuner. Il cherche à s'occuper, à faire un maximum de choses mais c'est l'heure du rendez-vous. Le jeune homme sait que le médecin saura dire ce qu'il faut, pour le faire réagir. Les réponses du psychiatre sont souvent des interrogations auxquelles Jarod doit répondre sincèrement. Le jeune patient constate qu'effectivement, il ne se connaît pas vraiment. Une partie de son histoire semble absente, effacée de sa mémoire. C'est sûrement le chaînon manquant qui bouleverse le tout. Il redoute de le découvrir. Qu'est- ce qui se cache derrière cet épais brouillard ?

Les jeunes gens, l'un contre l'autre, vont chez le psychiatre. Margot a toujours le chapeau que Jarod lui a acheté. Elle ne sort plus sans lui. C'est une jeune fille qui a cette grâce naturelle que Jarod admire. Elle semble sereine et optimiste. Qu'est-ce qu'il ferait sans elle ?

Devant l'entrée de la maison du docteur Samuel Pravick, Jarod hésite. Il regarde Margot qui l'encourage. Il faut y aller. Il donne de grands coups sur la porte qui s'ouvre rapidement.

— Bonjour docteur, je vous ai parlé de Margot.

— Vous avez mentionné son nom mais je vous attendais tous les deux. Installez-vous, j'arrive tout de suite.

Quelques minutes plus tard, le médecin apporte un plateau avec des verres et des jus de fruits qu'il propose aux jeunes gens.

— Habituellement, ça ne se passe pas de cette manière, mais il fait un peu chaud, alors servez-vous ce que vous voulez. Jarod comment vous sentez-vous aujourd'hui ?
— Bien.
— Comme je vous l'ai dit hier, nous allons commencer la séance pour aller chercher un peu plus loin ce que vous semblez ignorer. Il est important de faire cette introspection en étant accompagné. Suivez-moi, nous allons dans une autre pièce. Vous allez vous allonger sur le grand fauteuil.

19

Le jeune couple, un peu impressionnés, suivent le médecin dans l'autre pièce. Avant d'obéir au docteur Pravick, le garçon fait un tour sur lui-même pour découvrir le salon dans lequel ils se trouvent. C'est une pièce très sobre où il n'y a rien qui puisse distraire, sauf peut-être un tableau au couleur sombre qui représente le portrait d'un homme au visage sévère marqué par le temps qui passe, et dont le regard suit le patient. Jarod le fixe pendant de longues secondes.

Quand Jarod s'allonge, la fraîcheur du canapé en cuir noir, lui donne quelques frissons. Il n'y a pas de bruit, seule la voix du psychiatre brise le silence. Jarod ne peut s'empêcher d'éprouver une certaine appréhension, parce qu'il sait que le cauchemar va commencer. La descente aux enfers n'est pas loin. On ne peut être torturé de cette façon sans qu'il y ait une face cachée, pénible et douloureuse. Il doit faire une introspection, se concentrer sur lui-même pour faire la découverte de qui il est vraiment.

— Bon très bien, détendez-vous Jarod. Fermez les yeux et respirez normalement. Vous devez être calme…

Margot regarde et écoute avec attention. Elle ne veut rien perdre de ce que dit le médecin. Elle aimerait tant que Jarod trouve enfin la sérénité pour être enfin heureux. La voix du médecin est douce et Jarod semble presque endormi. Il ne bouge pas. Il écoute ce que dit le psychiatre.

— Vous m'avez dit que dans un de vos rêves, vous couriez avec votre mère. Vous ne voyez pas son visage, elle se retourne pour regarder en arrière. Est-ce que vous pouvez, vous aussi, regarder en arrière ? Retournez-vous Jarod, regardez en arrière…

Jarod jusque-là très calme, commence un peu à s'agiter. Il entrouvre sa bouche pour respirer comme s'il était essoufflé. Il tourne la tête d'un côté et de l'autre. Il remue ses jambes, serre les poings.

Le médecin, lui, continue de parler. Il encourage son patient à regarder. Il doit voir ce qu'il y a derrière.

— Vite mon chéri, court avec maman, court…

Jarod respire de plus en plus fort. Des larmes coulent sur ses joues. Il remue encore puis se relève d'un coup en poussant un cri si fort que Margot sursaute. Les yeux grands ouverts, les pupilles dilatées, Jarod semble avoir vu un fantôme. C'est la terreur qui se lit dans son regard bleu. Il transpire, tremble et suffoque comme s'il manquait d'air puis, comme une bouffée d'oxygène arrive à pleurer. C'est une sorte de libération. Le médecin ne parvient pas à calmer son patient, malgré sa voix douce et rassurante. Il s'assied alors près de Jarod qui, d'habitude sur la défensive, colle son front sur l'épaule du docteur Pravick. C'est un moment très intense. Margot a les larmes aux yeux. Elle regrette presque d'être venue. Voir la souffrance de son petit ami la bouleverse. Jarod est pâle et reste silencieux, seuls les sanglots sortent de sa gorge. Le psychiatre le regarde un instant et tente de le questionner doucement.

— Qu'est-ce que vous avez vu Jarod quand vous vous êtes retourné ? Quand vous courriez avec votre mère ?

Jarod ne répond pas, il dit *non* de la tête comme s'il ne pouvait prononcer les mots.

— Je vais vous chercher de l'eau fraîche.

La jeune fille profite de cet instant pour s'asseoir près de son amoureux. Elle le prend dans ses bras. Ils restent serrés l'un contre l'autre, sans bouger ni parler. Le médecin revient, une bouteille d'eau à la main.

— Une thérapie n'est jamais facile, mais il faut continuer si vous voulez aller mieux. Cela peut être long et douloureux, mais la guérison dépendra de vous.

Jarod tente de ravaler ses sanglots. Le regard dans le vide, il reste muet, les larmes coulent encore sur ses joues.

— Tu ne dois pas rester seul ce soir, dit Margot. C'est seulement maintenant, qu'elle réalise à quel point il est malheureux. Elle n'avait pas compris que son mal- être était aussi profond. Elle se sent égoïste et se promet d'être là pour lui quoi qu'il arrive. Jamais elle n'aurait pensé rencontrer quelqu'un comme lui. Il est spécial. Il a cette chose particulière qui vous donne envie de le connaître. Et une fois fait, vous avez envie d'être proche de lui, de tout faire pour qu'il ne s'éloigne plus de vous. Margot observe le psychiatre qui semble troublé par Jarod. Il ne le quitte pas des yeux. Il le connaît à peine, mais elle peut sentir le désir qu'il a de vouloir l'aider. Elle est persuadée que c'est lui qui pourra le libérer de ses peurs et de cette souffrance. C'est l'homme de la situation. Il arrive à faire parler Jarod, à le sortir de son silence.

— Jarod, vous êtes réceptif, c'est bien mais il va falloir continuer, vous vous en doutez. Je n'insiste pas aujourd'hui, mais la prochaine fois, nous passerons plus de temps ensemble. Nous devons avancer. Je suis sûr que vous y arriverez. Le tunnel vous semble long et noir mais au bout, il y a ce que vous ne pouvez voir pour l'instant. Vous comprenez ?

— Oui je…je comprends.

— Je vous libère. Vous pouvez m'appeler si ça ne va pas, le jour et la nuit. Nous nous revoyons après-demain. Je vous laisse un jour de répit. Rentrez bien.

— Au revoir docteur.

Jarod doit essayer de comprendre ce qu'il s'est passé, mais il a surtout envie de dormir. La séance l'a anéanti. Il se sent mal, mais ignore la raison. Il ne peut retenir ses larmes qui, malgré lui, coulent doucement sur ses joues. Il rentre chez lui pour souffler un peu. Allongé sur son lit, il ferme les yeux puis plonge dans un sommeil lourd. Il fait des cauchemars curieux. Il voit le docteur Pravick lui tendre la main et lâcher simultanément celle de sa mère qu'il regarde tomber dans le vide. Il se réveille en hurlant, oppressé par l'angoisse qui l'oppresse. Il passe une main sur son front en sueur. Il se sent pâlir alors il se rallonge car le malaise n'est pas loin. Il attend un instant pour se lever car il n'est pas question pour lui de se rendormir. Il veut être bien éveillé, quitte à rester debout quand la nuit viendra, mais malgré sa volonté, il sent le besoin de se recoucher. Il se sent épuisé. Ses paupières sont si lourdes qu'il ne peut résister. C'est un cauchemar qui s'impose à lui. Quelqu'un est là tout près qui, d'une voix rauque et méconnaissable, lance des invectives. C'est à ce moment-là que Jarod se réveille à nouveau de façon brutale, car cette apparition semble réelle. Il s'assied brusquement, pousse sur ses pieds et se trouve dos au mur, presque debout, les yeux écarquillés. Il est terrifié. Tout son corps frissonne. Il a des palpitations et se sent nauséeux. Il ferme les yeux et fait de son mieux pour se reprendre.

C'est après avoir passé un long moment sous le jet d'eau pour se ressaisir, qu'il part chez Jules et Cécile. Jarod ne veut pas rester seul cette nuit. Il est au bord du précipice. Il a l'impression d'avoir deux vies. Dans l'une, il est heureux et entouré et dans l'autre, c'est un prisonnier. Il est accueilli chaleureusement, mais la mine défaite du jeune homme inquiète Cécile. Margot qui les rejoint s'assied près de lui et lui prend la main pour le rassurer. Jarod craque à nouveau. Il ne peut se retenir. C'est la seule chose qu'il arrive à sortir, des larmes. Il est incapable de trouver un sens à tout ce qui se passe en lui. Il tient son visage entre ses mains parce qu'il a cette fois, véritablement le sentiment de devenir fou. Margot s'accroupit devant lui, retire ses mains lentement et parle avec douceur.

— Jarod. Jarod, tu ne trouveras jamais dans ce monde quelqu'un qui t'aime comme moi je t'aime.

Jarod lève la tête et regarde Margot droit dans les yeux. C'est entre deux sanglots qu'il essaie de répondre.

— Tu …m'aimerais même… si…j'étais fou ?

— Tu n'es pas fou Jarod. Tu as refoulé tes souvenirs. Tu as le droit de te sentir mal. Je suis sûre que tout va s'arranger. Je te trouve courageux, parce que même si cela te remue, te bouleverse, tu fais de ton mieux. Je suis sûre que le docteur Pravick est capable de t'aider et j'ai une entière confiance en ce médecin. Alors il ne faut pas que tu abandonnes. Tu es sur la bonne voie. Tu ne dois surtout pas baisser les bras et je veux que tu saches que je serai toujours là pour toi Jarod. Quand tout s'arrangera, tu pourras, nous pourrons vivre heureux tous les deux.

Jarod baisse la tête. Son désarroi est immense. Silencieux, il pose son front sur celui de Margot. Le jeune couple ne parle plus.

20

Jules de retour, regarde les deux jeunes gens et rejoint Cécile dans la cuisine. Cette dernière a les yeux un peu rougis car voir Jarod dans cet état la bouleverse. C'est pourtant une femme forte.

— Ne t'inquiète pas ma chérie, on va s'occuper de lui. Tu verras, tout s'arrangera pour le petit. Il lui faut un peu de temps, c'est normal. Bon alors Cécé, j'ai une faim de loup moi, qu'est-ce que tu nous as fait de bon pour le déjeuner ?

— Rien.

— Rien ? S'exclame Jules avec des yeux ronds.

— Enfin si, j'ai fait une omelette aux oignons et il y a une salade verte, du fromage, c'est tout.

— Ah bon tu m'as fait peur. Bo, on aurait pu aller au restaurant, mais Jarod sera mieux. Ils sont mignons tous les deux. Ah tu ris maintenant ?

— Et oui, tu me fais rire. Approche-toi que je te dise quelque chose. Margot lui a dit qu'elle l'aime comme personne.

Cécile chuchote pour dire ce petit secret et Jules est tout attendri.

La chaleur à l'extérieur est étouffante, alors rien de mieux qu'une bonne glace pour se rafraîchir et atténuer les moments difficiles, comme aime à le dire Cécile. Tous, autour de la table, se régalent quand le téléphone sonne. Jules est surpris d'avoir le docteur Pravick au bout du fil.

— Bonjour Jules, c'est le docteur Pravick. Je vous appelle parce que j'ai les résultats des tests de Jarod.

— Ah bon déjà ? Vous voulez qu'il vienne je suppose ?

— Si c'est possible maintenant, ce serait bien.

— Très bien docteur, je lui dis tout de suite. Merci docteur.

Jarod décide de partir avec Margot sans attendre, malgré la chaleur. Il est inquiet bien sûr ; s'entendre dire que l'on est un parfait idiot est toujours difficile, mais avoir de longues discussions avec la lune est de loin ce qui l'inquiète le plus à ce moment-là.

Le docteur ouvre la porte et invite les deux jeunes gens à entrer, puis s'installe derrière son bureau. Jarod et Margot assis de l'autre côté attendent, impatients.

— Jarod…quand vous avez terminé les tests au bout d'une heure trente, j'étais un peu déçu. Je pensais que vous n'aviez pas tout fait mais je me suis trompé. Pour le reste, je n'avais aucun doute, mais j'avais tout de même besoin de pouvoir le confirmer avec certitude.

— De quel reste vous parlez ?

— Je parle de vos résultats.

Après un long silence, le docteur penché sur les feuilles, relève la tête.

— Le docteur Flaure Marsy, à ma demande, a conçu pour vous tout particulièrement des tests d'un très haut niveau. Tout cela pour vous dire Jarod, que…vous êtes un génie.

— Vous…vous êtes sérieux ?

Le médecin, sans un mot, tend les tests à Jarod pour qu'il voit de ses yeux les résultats. C'est un sans-faute. Mathématiques, science, médecine…

Depuis l'âge de six ans, Jarod, pour ne pas voir ce qui l'entourait, s'isolait devant l'ordinateur. Il regardait des films de tous les genres, l'un derrière l'autre, ainsi qu'un nombre incalculable de reportages. Pour calmer ses peurs et ses angoisses, la musique classique était devenue sa meilleure alliée. Il pouvait se déconnecter de son environnement anxiogène pendant de longues heures et avait, avec elle, la sensation d'être libre. Tout l'intéressait. Il absorbait tout ce qui passait devant ses yeux. Il ne voulait rien manquer qui puisse lui apprendre quelque chose. Tout cela, Jarod n'a aucun mal à l'expliquer au médecin. Margot écoute son petit ami sans broncher. Finalement, elle n'est pas tant surprise que cela. Elle sentait que Jarod avait quelque chose, sans imaginer bien sûr, que c'était un génie. En dehors de ses capacités prodigieuses, émanent de lui une fragilité et une force et cette petite chose indescriptible qui le rend fascinant. Une personnalité complexe qui attire toutes les personnes qui côtoient. Malgré toutes les informations que le jeune homme communique au docteur Samuel Pravick, ce dernier ne peut que constater des chaînons manquants. Jarod a occulté, semble-t-il, des épisodes de sa vie quand il était enfant.

— Vous étiez bon élève à l'école ?

— Oui… enfin il me semble. Je ne sais plus.
— Vous aviez des amis ?
— Non, enfin…pas dans mes souvenirs en tout cas.

Jarod commence à se sentir mal, dès que les questions deviennent trop personnelles. Il a des difficultés à se contrôler, à avoir une attitude décontractée. Le médecin passe outre. Le jeune homme doit regarder en arrière, faire un saut dans le temps. Il n'y a pas d'autres alternatives, s'il veut s'en sortir.

— Personne ne s'est rendu compte de vos énormes capacités à l'école ? Vos parents ?
— N…non.
— Votre mère par exemple, ne vous a jamais dit que vous étiez très intelligent ?

Jarod a du mal à avaler sa salive.

— Est- ce que je peux avoir un verre d'eau ?

Le docteur Pravick va dans la cuisine et revient chargé d'un plateau avec de l'eau fraîche et des verres qu'il remplit. Le patient boit d'une traite et se ressert. Il semble agacé par les questions du médecin. Le psychiatre se rend compte du malaise mais fait semblant de ne pas le remarquer.

— Alors Jarod que vous disait votre mère quand vous étiez enfant et même plus tard ?
— Elle…elle me disait souvent que j'étais intelligent…et un gentil garçon…je crois…
— Et votre père ?

Jarod fixe le médecin droit dans les yeux, pendant de longues minutes. Il tente de réprimer sa colère. Son regard bleu clair change de couleur. Ses prunelles deviennent d'un bleu foncé, presque marine. Il se lève de sa chaise.

— Je vous ai déjà dit que je n'ai pas de père. Si j'en ai un, je ne sais pas qui il est, où il est et ce qu'il fait. Quand bien même il serait mort, je m'en fiche...

— Jarod voyons calme toi.

— Je n'avais que ma mère, Hélène, et elle n'est plus là. J'aimerais qu'on arrête de me parler de cet homme que je ne connais pas. Ce n'est pas compliqué à comprendre. Qu'est-ce que vous avez tous avec ça ?

— « Ça » ? Nous parlons de votre père, vivant ou mort, fait remarquer le psychiatre imperturbable.

Margot s'inquiète pour son petit ami. Elle regarde le médecin qui, lui, reste impassible. Il a l'habitude. Il sait que c'est un passage obligé. Son patient peut dire tout ce qu'il ressent, se mettre en colère. Il doit extérioriser tout ce qu'il a réprimé depuis trop longtemps. À ce stade, le psychiatre n'a pas le choix. Il ne doit plus éviter les questions qui fâchent le jeune homme. Ce qu'il ne comprend pas, ce sont les raisons de toute cette colère qu'il a un mal fou à canaliser.

— Essayez de vous calmer Jarod. Je crois que nous allons arrêter là pour aujourd'hui. Je vous ai surtout fait venir pour vous parler des tests. Il faut continuer dans de bonnes conditions et ce n'est pas le cas maintenant. Nous reprendrons la thérapie demain. Enfin, j'ose espérer que vous en avez toujours envie.

— C'est une question ?
— Oui, en quelque sorte.
— Oui.
— Dites moi, qu'est-ce que cela vous fait de savoir que vous êtes un génie ?
— Je…j'ai du mal à y croire.
— Vous avez d'énormes capacités dans des domaines bien distincts. Ce n'est pas courant du tout. Et vous avez, en vous réfugiant derrière l'écran de l'ordinateur, emmagasiné un tas de connaissances sans même vous en rendre compte. Des perspectives d'avenir s'offrent à vous. Être un génie peut vous ouvrir des portes, des possibilités auxquelles vous ne vous attendiez pas… Vous êtes un génie Jarod !
— Oui mais…je dois d'abord intégrer tout ça.
— Bien entendu. Bon, on s'arrête là. À demain quatorze heures.
— À demain docteur, merci.

21

Jarod et Margot marchent dans la rue encore déserte. Un homme avec son chapeau de paille sur la tête, fredonne une chanson sur sa bicyclette et fait un signe de la main accompagné d'un large sourire, en direction des jeunes gens. C'est agréable et un peu bizarre de déambuler dans le village endormi. Pas un nuage dans le bleu du ciel, d'où le soleil généreux mais impitoyable enveloppe le village de ses rayons.

— Le ciel a la même couleur que tes yeux Jarod, bleu pâle.

— Tu vois cette maison, un jour, on en aura une nous aussi, avec des volets bleus.

— Ah oui ?

Les amoureux ont retrouvé le sourire. Ils laissent derrière eux, les déclarations du docteur Pravick. La colère de Jarod est retombée. Il n'y a que Margot pour l'aider à se sentir bien, auprès d'elle plus rien ne compte.

Jarod rapporte à Jules et Cécile les dires du médecin. Le couple reste sans voix mais sont heureux pour le jeune homme qui semble indifférent. Être un génie est une chose abstraite pour lui, cela ne lui procure réellement aucune joie. À chaque fois qu'il ressort de chez le docteur Pravick, tout est sens dessus dessous dans son esprit, car tout finit par se brouiller, devient confus. Il doit à chaque fois essayer de mettre de côté tout ce qui s'est dit pendant la séance et mettre un peu d'ordre dans ses pensées pour pouvoir passer à autre chose. La thérapie trouble ses nuits, il ne veut pas qu'elle prenne toute la place aussi durant le jour. Il veut travailler, passer du temps avec Jules et Cécile et surtout Margot. Ce qu'elle lui a dit chez le médecin raisonne encore dans sa tête. Elle a des sentiments forts pour lui. C'est réciproque mais il préfère taire ce qu'il ressent. Il parle de maison et d'autres choses encore mais jamais de ce qu'il éprouve, comme s'il avait peur que cela lui porte malheur.

— Tu restes avec nous ce soir Jarod ?

— Non Jules, pas ce soir, demain peut-être.

— Comme tu veux. Tu fais un sacré travail au magasin et maintenant je culpabilise parce que tu fais des tâches un peu ingrates. Tu dois penser à ton avenir Jarod, tu sais. Je suis heureux de t'avoir avec moi à la boutique, mais je ne dois pas être égoïste. Quand tu sauras ce que tu veux faire, on sera avec toi pour t'aider et te soutenir.

— C'est très gentil Jules, mais je n'aimerais pas que l'on mette cette histoire de génie sur le tapis. Je ne vais pas vous dire que mon travail est intéressant. C'est un peu ennuyeux, c'est vrai, de faire toujours la même chose. C'est routinier. Cela doit être pareil pour la plupart des gens, je suppose. Je ne suis pas vraiment fixé sur ce que je veux faire, mais le jour où je déciderai de me lancer dans quelque chose de nouveau, je vous le dirai. C'est promis. Jules, si on arrête de parler de cette histoire de génie à partir de tout de suite, ça me va très bien.

— C'est d'accord, j'aime ta franchise mon garçon.

Jarod rentre tranquillement chez lui les mains dans les poches. Il regarde les oiseaux dans le ciel qui volent en petit groupe et zigzaguent au même rythme, pendant que, sur terre, les gens commencent à remettre le nez dehors. Il fait encore chaud mais l'air est plus respirable qu'en début d'après-midi. Des cyclistes heureux klaxonnent quand Jarod regarde au loin une jeune maman avec son petit garçon qui lui tient la main. Il s'arrête pour les observer, les sourcils froncés. À cet instant, des flashs brefs, des bribes de sa vie d'avant jaillissent devant ses yeux. Il prend conscience à quel point il n'a aucun souvenir de son enfance. C'est un grand vide qu'il va devoir combler avec le médecin, ce qui ne manque pas de l'inquiéter. Il essaie pourtant de faire des efforts, mais rien, pas un soupçon de vie ne lui vient clairement à l'esprit. Quand il arrive chez lui, il a presque envie d'appeler monsieur Pravick mais n'en fait rien. Il prépare une salade composée, puis, une fois son repas terminé, se met à l'aise et allume son ordinateur. Un de ses moments préférés pour écouter de la musique. Parfois, elle l'aide à se réconcilier avec lui-même. Rien de tel pour le reposer ou s'évader dans des endroits qui le font rêver. Il s'imagine assis avec Margot, au bord d'un petit lac entouré d'arbres et de verdure. Ils regardent une famille de canards glisser sur l'eau claire ou admirent des jolis papillons qui virevoltent librement. Allongé sur son lit, il ferme les yeux et écoute « Sarabande » de Haendel. C'est un moment de pure détente et de déconnexion avec ce monde si terrifiant.

Il est vingt et une heures. Pour la toute première fois, Jarod regarde un dessin animé. Il est captivé par les images qui bougent et rit de bon cœur devant des scènes loufoques, comme un petit garçon. C'est le sourire aux lèvres que le jeune homme s'endort. Les rêves qui s'imposent, eux, sont moins drôles. Il se voit assis dans un coin, les mains sur les oreilles, les genoux pliés vers lui pour se protéger. Se protéger de quoi, de qui ? Ça, il ne peut le savoir. Les larmes coulent trop et l'empêche de saisir ce qui lui fait si peur. La lune apparaît.
— Jarod.
— Pourquoi je ne comprends pas mes rêves ?
— C'est là Jarod.
— Où ?
— La réponse est en toi Jarod…
— Aide-moi s'il te plaît…
— Je suis là, Jarod. La réponse est en toi…la réponse est en toi…

La lune s'en va et Jarod ne sait toujours pas. Il se réveille et ne peut retrouver le sommeil jusqu'au matin. Il fait un gros effort pour oublier ce qu'il vit. Il est nécessaire de prendre du recul et de faire le point. L'avenir l'inquiète. Il est incertain et la lune dans tout cela, sera-t-elle encore avec lui demain, bien qu'elle ne l'aide pas vraiment ? Elle est absolument convaincue que c'est Jarod qui doit trouver les réponses. Elle n'est là que pour l'alerter, lui faire prendre conscience de son ignorance ou plutôt de son déni, sans jamais lui donner le moindre indice, ou mettre un nom au problème.

Jarod, au magasin, est obligé de se forcer car ses paupières sont lourdes. Il n'a aucun entrain. Il fait son travail sans rechigner malgré tout et déjeune avec Margot, Jules et Cécile, puis c'est l'heure de partir chez le psychiatre. Il sait que la thérapie va se compliquer. Ce qu'il sait aussi, c'est qu'il ne veut pas que Margot le voie quand il est sur le point de craquer ou de ressembler à un déséquilibré.

Avant de commencer la séance, le médecin et Jarod parlent de tout et de rien. Petit à petit le jeune homme s'habitue à cet homme qui en impose par sa taille et par son côté un peu austère. C'est pourtant, quand on le connaît, une personne agréable, compréhensive qui ne porte aucun jugement. Le fait d'être à la retraite et de vouloir aider Jarod, en dit long sur sa personnalité. Il est prêt à donner tout son temps libre et il ne fait pas exception, car comme les autres, il a envie de tout connaître sur son patient, mais aussi de se rapprocher de lui.

— Vous avez l'air fatigué Jarod.

— Je n'ai pas beaucoup dormi cette nuit.

— C'est embêtant, parce qu'il ne faut surtout pas vous assoupir, seulement vous détendre sinon ça risque d'être compliqué.

— Je vais essayer, mais je ne vous promets rien.

— Alors, détendez-vous et respirez normalement.

Malheureusement, la fatigue et le manque de sommeil ont eu raison de Jarod. Il s'endort profondément. Le médecin malgré tout, essaie de lui parler pour voir s'il se passe quelque chose, s'il réagit, mais il n'obtient aucun résultat. Il couvre d'un plaid Jarod qui respire paisiblement.

22

Le patient dort profondément. Le docteur Pravick, assis sur un petit fauteuil, le surveille et essaie de communiquer, mais Jarod n'entend rien. Ce dernier gesticule et l'expression de son visage change. Il rêve.

— Tom, Tom arrête... Tom...

C'est un enfant. Il a peur et va se réfugier dans sa chambre, sa mère le suit, effrayée. Un homme grand fait irruption en lançant des invectives d'une voix forte dans leur direction. Jarod peut entendre des mots insultants. Il ne voit pas le visage de l'individu, mais il sait maintenant qui il est, et ce qu'il représente à ses yeux ; un être abject. Sa violence à lui n'est pas physique, il n'a jamais frappé son fils ou sa femme. Il leur fait subir toutes sortes d'avanies en public sans aucune gêne. Les amis très proches de Tom ont bien essayé de lui faire comprendre raison et même de le menacer s'il n'arrêtait pas, mais sa défense était le chantage qu'il faisait planer au-dessus de la tête d'Hélène et son fils.

Le patient parle dans son sommeil, dit des mots incompréhensibles pendant que le médecin tente de prendre des notes sur ce qu'il croit comprendre. Pendant son enfance, Jarod et sa mère ont subi l'humiliation. Son père cynique avait une telle emprise sur eux qu'ils étaient incapables de se rebeller. En dehors de ses amis proches, personne ne se doutait du caractère diabolique de cet homme hypocrite qui se montrait si charmant en société, pour arriver à ses fins. Hélène a bien essayé de se sauver avec son petit garçon, mais il les a rattrapés et fait revenir de force. Tom a tout fait pour empêcher sa femme de travailler une fois mariée. Elle avait fait des études pour être institutrice mais la manœuvre était si bien calculée qu'elle n'a pu obtenir un emploi. Elle était liée à lui, dépendante financièrement. Il avait fait en sorte qu'elle soit soumise. Docile, elle devait faire tout ce qu'il exigeait sans jamais remettre en question ses décisions.

Jarod se réveille, terrorisé. Il se soulève et doit faire un gros effort, se concentrer pour pouvoir retrouver une respiration normale. Le médecin Samuel Pravick l'aide à se calmer.

— Détendez-vous Jarod, ça va aller.

Jarod s'effondre. Il sait maintenant et il se sent encore plus malheureux. Pendant des années, il a mis dans un coin de sa tête, tous ses souvenirs pensant se protéger, mais une petite parcelle de son cerveau le rappelait à l'ordre. Jarod partout où il se trouve, porte en lui ce chagrin et ce traumatisme. C'est un lourd fardeau qu'il traîne avec lui. Le jeune homme n'a jamais su vivre normalement, ou même vivre tout court comme les personnes de sa génération. Il s'est volontairement isolé parce qu'il n'a pas confiance en lui et aux autres. Il est inconsolable. Il pense à sa mère, si fragile, qu'il n'a pu défendre à cause de son jeune âge. Il s'en veut. Le visage entre ses mains, il sanglote. Le médecin pose une main sur son épaule et essaie de le faire parler.

— Jarod, dites-moi ce que vous avez vu. Vous devez me parler si vous voulez que je vous aide.
— Mon...mon père...ce monstre...
— Il vous battez ?
— Non...il... il insultait ma mère...et moi aussi. Il nous humiliait, nous traitait comme des moins que rien. C'était un monstre, un homme sans cœur. Il était d'un cynisme...
— Qu'est-ce qu'il vous disait Jarod ?
— Tu n'es qu'un bon à rien, un fainéant, comme ta mère. Tu as de la chance...la chance d'avoir un père comme moi. Ta mère...

Jarod voudrait continuer mais il ne peut plus. Les sanglots dans sa gorge l'empêchent de parler. Les larmes, elles, continuent de couler sur ses joues. En rapportant toute une série d'affronts, Jarod avait un rictus de dégoût. Le médecin comprend mieux maintenant le manque de confiance évident de son patient. Il lui parle calmement, surpris par ce qu'il vient d'entendre.

— Jarod, vous êtes un génie, ne l'oubliez pas. Vous avez gardé en vous toutes ces offenses et vous avez grandi avec l'idée qu'effectivement vous êtes nul. Vous vous souvenez comment vous vous êtes débarrassé de cet homme ?
— Non.
— Vous allez vous en sortir Jarod.

Le regard dans le vide, Jarod ne dit plus rien. Il se rallonge et finit par s'endormir d'un sommeil profond. Le docteur Pravick appelle Jules pour l'avertir. Ce dernier pose des questions, mais le médecin ne veut rien répéter de ce qu'il sait.

— C'est à Jarod de vous dire les choses, s'il le désire. Jules, ne vous inquiétez pas, je le surveillerai toute la nuit s'il ne se réveille pas avant.

Au milieu de la nuit, Jarod ouvre les yeux et hurle, regarde autour de lui. Le médecin s'approche pour le rassurer.

— Où... où je suis ?

— Vous êtes chez moi. Vous vous êtes endormi. Je n'ai pas voulu vous réveiller. Vous voulez un café ?

— Oui...merci.

Le docteur Pravick apporte le café et quelques petits gâteaux pour l'accompagner.

— Je suis un grand amateur de café. Vous avez pensé à ce que vous voulez faire ? Je parle en termes de travail ? Le docteur Flaure Marsy m'a posé la question hier. Elle est littéralement subjuguée par vos résultats. Vous êtes conscient d'être spécial ? Spécial dans le bon sens du terme.

— Non, je n'ai pas réfléchi à ce que je veux faire, et non je ne crois pas être spécial, même dans le meilleur sens du terme.

— Vous pourriez devenir médecin. Vous avez énormément de connaissances. Vos études se passeraient très bien de toute évidence.

Jarod et le médecin discutent pendant tout le reste de la nuit. Le garçon pose des tas de questions au psychiatre, qui répond sans aucune hésitation. Il lui explique qu'après douze ans de mariage, sa femme a demandé le divorce. Il était tellement pris par son travail, que son épouse après maintes reproches a voulu partir.

— Elle avait un amant, un collègue chirurgien neurologue qui travaillait encore plus que moi.

— Alors c'était une excuse… bidon ?

— C'est ce que je crois, mais je te rassure, je m'en suis bien remis. J'ai rencontré une personne charmante. Elle est médecin elle aussi. Elle vient bientôt normalement.

— Vous avez des enfants ?

— Non mais ma compagne en a quatre, et le courant est bien passé avec eux. J'estime avoir de la chance. Cela aurait pu être plus compliqué.

— Il est déjà sept heures. Tu veux prendre un petit déjeuner ?

— Non merci. Je dois rentrer chez moi pour me préparer et aller travailler. C'était sympa de discuter. Je suis désolé, je vous ai posé des questions un peu indiscrètes.

— Non, pas de souci. Nous reprenons la thérapie, demain à 14 h. Tout n'est pas encore réglé.

— Oui, je le sais bien.

— Alors, à demain quatorze heures. Au revoir Jarod.

— Au revoir et merci docteur. À demain.

Jarod rentre chez lui sous un ciel un peu menaçant. Il reste un moment sous la douche pour être opérationnel au travail. Il n'a pas beaucoup dormi, mais Jules compte sur lui, il ne veut pas le laisser. Depuis des jours, il ne travaille pas l'après-midi à cause de la thérapie. Après chaque séance, il se sent si mal, qu'il n'arrive pas à faire le tri, à gérer tous ces souvenirs qui reviennent en mémoire. Mais aujourd'hui, il doit se secouer pour son patron, le seconder et rattraper tout ce qu'il n'a pas pu faire. Jarod a besoin d'être actif, d'avoir l'esprit occupé pour tenir le coup, sinon il n'aurait aucun mal à tomber dans la dépression. La nuit, il voit des choses qui ont peut-être existé ou pas et il parle à l'astre qui domine dans le ciel obscure. Aucun répit pour Jarod qui a une vie bien plus intense pendant qu'il dort. C'est ce qu'il ressent. Quand il est endormi, de nombreuses informations font irruption. Elles ne lui laissent aucun répit. Le matin l'énergie n'est pas là, mais Jarod ne s'arrête pas une minute, il serait bien capable de s'assoupir, sinon. *J'ai toute l'éternité pour dormir.*

23

Jarod s'en doutait. À peine est-il arrivé au magasin que Jules, inquiet, l'interroge. Le garçon lui raconte tout ce qu'il s'est passé. Il ne veut pas que Jules ait le sentiment d'être mis à l'écart. Il a bien trop d'estime pour cet homme qui lui a toujours apporté une aide désintéressée. Jarod parle un peu de son père Tom, bien que cela soit pénible pour lui.

— Comment un homme peut être aussi cruel ?

Le ciel est presque noir et la pluie commence à tomber.

— Margot ? C'est la première fois que je te vois au magasin, qu'est-ce que tu fais, tu travailles ?

— Je t'attendais. Je pars après-demain Jarod. Tu vas beaucoup me manquer. Ma patronne m'a demandé si je pouvais reprendre, il y a beaucoup de travail. Je ne te cache pas que ma mère me manque, mais j'aurais aimé rester ici encore quelques jours. Je voudrais être ici et là-bas à la fois. Ce n'est pas facile.

— On se téléphonera tous les jours, mais tu vas me manquer toi aussi.

— Reste un peu avec nous Jarod, je ferme le magasin. Il n'y a pas un chat dehors et puis si quelqu'un a besoin de quelque chose, on sait où me trouver.

L'odeur de la belle tarte aux pommes que Cécile a préparée, embaume tout l'appartement. Elle pose sur la table de la salle à manger, les tasses décorées de petites fleurs de différentes couleurs et les assiettes à dessert assorties au service à café. C'est avec une joie non feinte que Jules déclare en se frottant les mains.

— Ah ! Un des meilleurs moments de la journée, le goûter.

— Jules, tous les moments de la journée où tu manges sont tes préférés.

— Qu'est-ce que tu veux dire Cécé ? Que je mange beaucoup ? Hein ?

— Je veux dire ce que j'ai dit, après tu le traduis comme tu veux.

Margot regarde ses grands-parents avec le sourire et vient leur déposer un baiser de tendresse sur la joue. Jarod sourit lui aussi et rejoint Jules déjà installé à table.

— Tu vois Jarod, ma femme est extraordinaire. Elle fait de bons petits plats et de belles pâtisseries et ensuite elle dit que je mange trop. Comment veux-tu que je résiste ?

— Oui je crois qu'elle le fait exprès, Jules, répond Jarod en souriant.

— Ah ! On est bien d'accord ?

— Vous vous entendez bien tous les deux pour dire des bêtises. Ce n'est pas vrai ma caille ?

— Oui mamie, je suis d'accord avec toi. Comment tu vas faire quand je serai partie ? Tu n'auras personne de ton côté. Ils vont se liguer contre toi tous les deux.

— Hm ! C'est un régal cette tarte aux pommes ma Cécé.

Tout le monde semble insouciant et savoure ce goûter. Les cigales ne chantent plus, dehors c'est l'averse. La pluie tombe en trombe et le tonnerre gronde. La fraîcheur, après ces jours de grande chaleur, est la bienvenue. La terre sèche accueille l'eau providentielle et se gorge de ce liquide tombé du ciel, en prévision des jours de disette.

Le téléphone sonne, le docteur Pravick est au bout du fil. C'est Jules qui répond.

— Ah bonjour docteur.

— Comment va Jarod ?

— Il va bien, vous voulez lui parler ?

— Non je n'ai pas le temps, juste dites lui s'il vous plaît que le docteur Flaure Marsy sera là demain, je préfère qu'il le sache. Bonne fin de journée. Au revoir.

— Jarod, le psychiatre a dit que demain il y aura le docteur Flaure… je ne sais plus quoi.

— Le docteur Marsy, pourquoi ?

— Je ne sais pas, il était pressé. il voulait juste que tu le saches. Il est bien ce médecin.

Jarod attend, le visage crispé, la venue du docteur Marsy pendant que le psychiatre est devant son ordinateur.

— Vous savez ce qu'elle me veut ?

— Non, je suis comme toi Jarod, je ne sais pas. Ah, nous allons le savoir tout de suite, elle est devant la porte.

Les deux médecins et Jarod sont dans le petit salon. Après quelques banalités, Flaure Marsy s'adresse à Jarod.

— Jarod, j'ai quelque chose à vous demander. Je vous mets à l'aise, si vous ne voulez pas vous pouvez toujours refuser.

— C'est rassurant.

— Tout d'abord, il me faudrait savoir la raison de votre thérapie. Est-ce que vous êtes d'accord pour m'en parler ?

— Non.

— C'est dommage.

— Pourquoi, qu'est-ce que tu veux faire, Flaure ?

— J'aimerais parler de Jarod, de ses séances avec toi sans rentrer dans les détails de sa vie sur le papier bien sûr. Mettre en avant les bienfaits des thérapies qui peuvent dévoiler aux patients des choses sur eux-mêmes. J'avais déjà écrit un article là-dessus, mais celui-là aura un exemple extraordinaire. Je vous avoue, que j'aurais aimé faire une émission avec vous deux, sur les surdoués…Ne me regardez pas comme ça, Jarod.

— Comme quoi ?

— Écoutez Jarod, je vous avoue que vos résultats forcent l'admiration. Je n'en reviens pas ! Vous êtes…comment dire…extraordinaire. Le mot est faible. Je vous laisse avec Samuel, si vous voulez en parler tous les deux, ou réfléchir seul avant de donner une réponse. J'espère avoir de vos nouvelles bientôt.

Samuel Pravick et Jarod reprennent la discussion.

— Tu n'es pas obligé d'accepter Jarod, mais je comprends Flaure. Elle a souvent bataillé avec des parents récalcitrants qui ne voulaient pas entendre parler de thérapie pour leur enfant.
— Pourquoi, ça fait mauvais genre ?
— Certaines personnes ont honte.

À la demande du médecin, Jarod s'allonge sur le canapé dans l'autre salon. Il est plus détendu que les fois précédentes, mais angoisse à l'idée de voir son horrible père. Quand il est seul, le jeune homme repense à son enfance. Il n'arrive pas à s'en souvenir intégralement. Des petites parcelles de son histoire s'imposent à lui pendant la séance avec le docteur Pravick. Des scènes morcelées et effrayantes se déroulent devant ses yeux, qu'il ne peut mettre bout à bout de façon cohérente. Pendant ces longues minutes où il voit sa mère le rend si triste qu'il ne peut retenir ses larmes. Toutes ces années, elle a subi la médiocrité de son mari, elle si douce et si belle.

Jarod, bouleversé par ce retour en arrière que lui inflige le docteur, se sent mal et court jusqu'aux toilettes pour vomir. Face à son père, c'est un petit garçon terrifié, qui écoute cet homme exprimer le dégoût de son propre fils. Tom approche son visage près de celui de jarod pour l'intimider et lui faire comprendre que c'est lui qui décide et qu'il doit obéir sans discuter. Le passé refait surface. Il ébranle le jeune homme. Le psychiatre laisse quelques minutes à son patient, puis ils reprennent là où ils avaient arrêté. Jarod doit accepter de laisser les souvenirs resurgir même si cela est douloureux. C'est un travail nécessaire pour pouvoir avancer dans la vie. Il faut qu'il se débarrasse du fardeau qui le paralyse et l'isole.

    Jarod a toujours un réveil brusque, son tee-shirt est trempé. Bien qu'habitué, le docteur Samuel Pravick a du mal à entendre toutes les réprimandes que Jarod finit par dévoiler. C'est la violence des mots et la dureté du père qui ont fait de lui une victime. Les maux du garçon sont sourds et intérieurs. La séance terminée, Jarod se sent dévasté, vidé par tous ces malheureux souvenirs.

    Le ciel a retrouvé sa couleur bleue mais celui de Jarod s'est passablement obscurci. Il est temps pour Margot de partir. C'est le cœur lourd qu'elle laisse le jeune homme sur le quai de la gare. Ils ont discuté très longtemps tous les deux retardant à chaque fois, le moment de se séparer. Il est temps, c'était prévu. Dans le train, des larmes silencieuses coulent sur les joues rouges de la jeune fille. Elle n'aurait jamais imaginé avoir autant de peine à se séparer de Jarod. Les sentiments qu'ils éprouvent l'un pour l'autre sont si forts, qu'ils ont peur de ne pouvoir supporter la séparation. Jules et Cécile sont tristes eux aussi, mais leur petite fille promet de revenir dès que possible.

24

Margot partie, Jarod rentre chez lui, il se sent abandonné. Dans son appartement, assis sur le bord de son lit, il reste de longues minutes le visage entre ses mains. Il retient ses larmes dans un lourd silence. Le regard dans le vide, il se sent perdu et seul. Il sait que Jules et Cécile sont là, mais ce n'est pas pareil. Il a du mal à accepter la distance qui le sépare de Margot

Les semaines passent. Au magasin, Jarod ne sait quoi faire pour s'occuper l'esprit. Il travaille vite et malgré toutes les tâches qu'il abat, il n'arrive pas à se distraire. Margot lui manque terriblement, elle laisse un vide énorme dans sa vie. Ils se parlent au téléphone tous les jours. Entendre sa voix lui fait du bien et du mal à la fois. Il aimerait qu'elle revienne, mais il ne lui dit pas.

Dans son appartement, la solitude le pèse plus que d'habitude. La fatigue, l'ennui et le chagrin emportent Jarod dans un sommeil lourd, quand la lune fait son entrée.

— Jarod.
— Oui.
— Tu es triste, Jarod…
— Est-ce que c'est une question ?
— Les mots s'envolent Jarod…
— Quoi ?
— Les mots s'envolent Jarod… Les mots s'envolent, Jarod…les mots s'envo…

— Attends, la lune. Ne me laisse pas encore, la lune. S'il te plaît.

Le jeune homme se réveille d'un bon. Les cauchemars l'excédent, et la lune ne fait rien pour arranger les choses. Il se traîne pendant un moment avant de partir au travail, ce n'est pas dans son habitude. La matinée se passe comme toutes les autres malgré l'épuisement qui complique un peu les choses. Jarod se rend compte qu'il est content de voir le psychiatre l'après-midi, cela lui permettra de se reposer un peu. Cette idée le surprend car découvrir encore une fois cette figure paternelle, fait remonter énormément de rancœur. Il s'est habitué à ce médecin, qui a su le faire parler. Jarod n'aurait jamais pensé être capable de se confier aussi rapidement à cet inconnu qui en impose par sa stature.

Dans le petit salon, le docteur Pravick regarde Jarod un instant.

— Margot est partie je crois, non ?

— Oui, depuis trois semaines environ.

— Et qu'est-ce que tu ressens ? Je sais que c'est très personnel. Tu n'es pas obligé de répondre.

— Tout ce que je vous raconte est personnel. Je me sens mal... Je me sens abandonné... Je me sens... Je suis une loque, une petite chose fragile. Je pleure, oui ça je sais bien le faire. Je n'arrive pas à retenir mes larmes. Je voudrais me montrer plus fort, mais maintenant que tous ces souvenirs me reviennent... Je crois qu'ils me détruisent, ils me font du mal. Enfin tout cela ne m'aide pas. Et Margot…Margot paraît si forte…si sûre d'elle…

— Tu as des sentiments pour elle ?

— Oui. Je sais que c'est elle jusqu'à la fin de mes jours. C'est aussi sûr que deux plus deux font quatre. C'est difficile d'expliquer ce genre de chose. Personne ne connaît l'avenir et pourtant, je sais que je l'aimerai toujours.

— Tu lui as déjà dit ?

— Non, même ça je suis incapable de le faire. J'ai pourtant une chance terrible de l'avoir avec moi. Je suis un faible, voilà la vérité.

— Bien au contraire Jarod. Tu as compris seul, que tu devais faire un retour en arrière pour avancer, pour ton futur. Et tu as pris la décision seul, de faire la démarche qui s'imposait. Et oui tu pleures. Tu es humain, ça ne fait pas de toi quelqu'un de faible mais une personne sensible. Ce n'est pas un défaut, crois moi.

— Cette… Cette nuit j'ai rêvé de la lune.

— Ah, qu'est-ce qu'elle t'a dit ?

— « Les mots s'envolent ».

— Les mots s'envolent ? Qu'est-ce que cela peut bien vouloir dire, d'après toi ?

— Il faut que je raconte, que j'écrive.

— C'est une excellente idée, Jarod. Et qu'est-ce que tu vas raconter ?

— Tout ce que le docteur Marsy veut que je lui raconte. C'est difficile d'en parler, l'écrire est plus facile.

De plus, je suis d'accord pour qu'elle fasse un papier si ça peut aider. Pourquoi pas ?

— Qu'est-ce qui te décide à faire tout ça ? Je te pose la question parce que malgré toutes tes capacités tu n'as toujours pas confiance en toi. Je me trompe ? Ou alors, tu es d'une humilité exceptionnelle en plus du reste.

— Au début, la lune me répétait sans cesse que je devais me mettre au travail. J'ai vraiment cru à ce moment-là, que je devenais fou. Il m'arrive de le croire encore, mais ensuite, j'ai pensé qu'elle voulait que je trouve un autre travail. Le problème c'est que je n'ai aucun diplôme. Discuter avec un astre est déroutant. Mais maintenant, avec le recul, je pense que ce qu'elle voulait me faire comprendre, c'est que je devais faire un travail sur moi-même pour ensuite évoluer. J'ai intériorisé mes sentiments envers ce père calamiteux. C'est ce que je m'efforce de faire. J'ai…j'ai vraiment du mal avec tout ça, mais j'ai envie d'avoir Margot auprès de moi. Je veux qu'elle soit heureuse et bien sûr je veux être heureux moi aussi. Pour le moment ce n'est pas le cas, je me sens mal.

— C'est une bonne analyse Jarod. Je crois que tu es réellement en bonne voie de guérison.

— Oui je l'espère. Il paraît que la nuit porte conseil. C'est peut-être vrai, mais elle ne m'apporte aucun repos. Je me sens de plus en plus fatigué. Est-ce que l'on peut parler simplement, plutôt que de faire un retour en arrière, aujourd'hui ?

— Oui si tu veux. Il faut je crois, ouvrir toutes les portes, en quelque sorte. De quoi tu veux parler ?

Le psychiatre et Jarod discutent en toute confiance. Le médecin estime qu'il est important pour son jeune patient d'apprendre à s'ouvrir aux autres. C'était un introverti qui s'isolait une fois son travail terminé. La solitude était un moyen pour lui, de se protéger. Jarod a fait un pas de géant, un pas à sa mesure, comme lui a dit la lune. Il parle avec aisance, ne bafouille plus comme au début de la thérapie.

D'un commun accord, le docteur Marsy sera informée de la possibilité qu'elle aura de parler du cas de Jarod, sans jamais donner de précisions sur sa vie personnelle. Plus le médecin consacre du temps au jeune homme et plus il a envie de le connaître. Son jeune patient a des capacités exceptionnelles et une personnalité complexe. Des gens disent de lui, qu'il est un peu étrange. Il a en lui cette contradiction de force et de faiblesse.

Savoir que le garçon a de longues discussions avec la lune ne peut que vous rendre curieux. Le docteur Pravick y pense beaucoup. La nuit parfois, il lève les yeux vers le ciel pour regarder l'astre, en buvant une tasse de café. Il n'attend aucun signe de lui, mais cela l'aide à réfléchir. Il veut comprendre. Petit à petit, le médecin a une idée bien précise mais préfère attendre de voir si Jarod évolue et finit par comprendre de lui-même. C'est à lui de trouver les réponses. La lune lui envoie des signaux. Elle ne dit pas franchement les choses. Elle oblige Jarod à réfléchir pour avancer. Le jeune homme doit décortiquer les messages remplis de métaphores et de sous-entendus. Il se débrouille plutôt bien.

Jules est dans son bureau en train de pester. Tous les papiers sont mélangés. Il ne s'y retrouve pas. Le temps lui manque pour ranger et quand il pourrait le faire, c'est l'envie qui disparaît.

— Bonjour Jules, qu'est-ce que vous faites ?
— Comme d'habitude. Je me bagarre avec les papiers. Tu sais, je suis un idiot. Cécile m'avait dit qu'elle s'en occuperait mais je n'ai pas voulu parce qu'elle en fait déjà bien assez. Mais maintenant je regrette. Je suis sûr qu'elle s'en sortirait beaucoup mieux que moi, comme dans tout ce qu'elle fait.

— Je peux vous aider si vous le voulez, dites-moi seulement ce que je dois faire. Mais à mon avis, vue la pagaille que vous avez mise, il faudrait commencer par ranger, non ?

— Tu n'es pas obligé d'être franc tout le temps, tu sais.

— Excusez-moi Jules, je ne voulais pas...
— Mais non voyons tu as mille fois raison, regarde les chemises neuves que j'ai achetées il y a deux mois. DEUX MOIS, tu te rends compte ! C'est largement suffisant pour mettre du retard dans cette foutue paperasse.

— Laissez-moi faire Jules. Je vais tout classer. Vous y verrez plus clair ensuite.

— Oh, je te remercie Jarod. Heureusement que tu es là. Si tu veux me faire plaisir, reste avec nous ce soir. Depuis le départ de Margot, il y a un vide et je sais que pour toi aussi. Elle n'était jamais restée aussi longtemps avec nous, notre petite fille. Elle est adorable.

— Je sais, Jules.

— Et puis, j'aimerais que tu me dises comment ça se passe avec le docteur Pravick. Tu avances un peu ?

— Oui et d'ailleurs je voudrais vous remercier de m'avoir mis en contact avec le docteur Pravick. C'est un excellent médecin. Le docteur Marsy voulait faire un papier sur moi, pour parler des bienfaits des thérapies, des surdoués etc. Je n'avais pas donné de réponses. J'ai toujours besoin d'un temps de réflexion. C'est fait maintenant, elle pourra faire son papier. Et le départ de Margot... Enfin pour répondre à votre question, je viendrai ce soir. Elle laisse un vide énorme.

— Ce sont de bonnes nouvelles ça, Jarod ! Petit à petit tu vas trouver un équilibre et tu te sentiras beaucoup mieux.

Après le repas du soir, Jarod parle du docteur Pravick, de Margot, du sport, et de ses nuits pleines de cauchemars qui le fatiguent beaucoup. Jules et Cécile sont heureux de l'avoir avec eux, ensemble, ils passent une soirée fort sympathique.

— Tu te fais de plus en plus beau, et tu as de belles épaules maintenant. Le sport te réussit. Ah si j'avais quarante ans de moins !

— Mais qu'est-ce que tu dis là, Cécé ?

— Quoi ? Ne me dis pas que tu es jaloux, Jules ! Toi aussi tu es beau !

De rires en plaisanteries, tout le monde va se mettre au lit, le cœur un peu plus léger.

Les nuits suivantes, à chaque fois qu'il se réveille brutalement à cause de ses mauvais rêves, Jarod est pris de frénésie d'écriture. Il aligne les mots avec une telle facilité que les pages de son ordinateur, les unes derrière les autres, se suivent sans anicroche. L'inspiration est au rendez-vous. L'éloquence des mots sur l'écran, entre sensibilité et rudesse, fait de son histoire une œuvre que Jarod lui-même ne soupçonne pas. Il se raconte, ou plutôt révèle certains épisodes de sa vie avec subtilité et parle même de cette fille sans jamais la nommer, pour laquelle il éprouve des sentiments forts. Les phrases choisies sont comme une mélodie dont les notes résonnent à l'intérieur de tout votre être.

25

Jarod a le sentiment de faire ce que la lune lui a soufflé, murmuré au creux de l'oreille. Le travail au magasin et la thérapie occupent bien ses journées. La nuit, il exorcise ses peurs grâce à l'écriture. La vie de Jarod est un dur combat. Pas à pas, il apprend à gérer ses émotions, à analyser tous les songes à l'aide du docteur Samuel Pravick. Sur les pages numériques, il parle beaucoup de sa mère qui a toujours tout fait pour le protéger comme elle le pouvait, avec ses petits moyens et ses petits poignets fins et fragiles. Elle lui a donné toute la tendresse et l'attention dont il avait besoin. En écrivant, Jarod retient un sanglot. Il souffre de savoir qu'elle était sans défense mais que malgré tout, elle faisait tout pour lui. C'est en écrivant qu'il peut éprouver plus encore, la souffrance et la grande solitude dans laquelle elle vivait. La violence verbale dont elle était victime, personne ne pouvait la voir. Mais lui, était là avec elle. Ils partageaient ce grand chagrin.

Le docteur Pravick et Jarod sont assis sur les petits fauteuils, l'un en face de l'autre.

— Alors Jarod comment tu vas ? Tu as une petite mine. Tu es malade ?

— Non je dors peu.

— Qu'est-ce qui t'empêche de dormir, toujours tes cauchemars ?

— Entre autre ? J'ai écrit un livre.

— Ah bon ? Tu sais qu'un livre ne s'écrit pas en quelques jours. Il faut des mois, et certains auteurs mettent des années pour terminer leur œuvre. Pourquoi tu ne me l'as pas amené, je suis curieux ?

— Et bien justement, je voulais vous demander si vous pouviez me rendre un service ?

— Si c'est dans mes cordes, avec plaisir.

— J'ai une clé USB, mais je n'ai pas d'imprimante. Vous pourriez m'imprimer les pages ?

— Pas de problème. Est-ce que tu m'autorises à lire? Je pourrai annoter ce qui devrait être amélioré ou autre ?

— Oui bien sûr.

Pendant la séance, le docteur Pravick jette un œil de temps en temps sur la clé USB posée sur la petite table du salon, comme s'il avait peur qu'elle disparaisse. *Ce gamin va me rendre dingue,* pense le médecin. Jarod avance dans la thérapie. Il découvre à chaque fois un peu plus, tout ce qu'il a occulté inconsciemment pendant des années pour se protéger. Les choses se mettent en place. Tout devient de plus en plus clair. Il est choqué par la cruauté de son père qu'il ne comprend pas. Il n'arrive toujours pas à se souvenir du jour où ils ont retrouvé la liberté, sa mère Hélène et lui. Peut-être que son père est mort. Cette éventualité ne lui procure aucun sentiment particulier. Jarod pense aux paroles du médecin. C'est vrai que les auteurs mettent parfois des années à écrire un livre. Ils doivent faire des recherches sérieuses, mais pour le jeune homme, cette recherche est intérieure. Qui mieux que lui peut savoir ce qu'il se passe dans sa tête, dans ses nuits, dans son cœur et dans sa vie ?

Dans son bureau, le docteur Samuel Pravick est impatient de lire l'histoire de son patient. Il ouvre son ordinateur, branche la clé USB et commence la lecture. La fluidité des lignes écrites, toute la sensibilité que Jarod a mis sur les pages blanches, lui donne des frissons. Il raconte sa vie avec pudeur, ainsi que ses tourments à cause de son père. Le médecin avait bien compris tout ce que lui dévoilait le jeune homme, mais pendant la lecture, il se rend compte à quel point il était loin de la réalité. Les termes étaient si bien choisis qu'il pouvait presque ressentir toutes ces émotions décrites à la perfection. C'est une histoire bouleversante qui ne laisse pas indifférent.

Le jeune patient a retracé sa vie dans plus de quatre cents pages. Le médecin est tellement pris dans sa lecture qu'il en oublie d'aller au lit. Plus de quatre cents pages d'émotions, de sentiments, de souffrance qui le remuent plus qu'il ne l'aurait pensé. Jarod est un virtuose de l'écriture et de bien d'autres choses. Le médecin en est convaincu. Jarod a mélangé ingénieusement fiction et réalité, parce qu'il veut garder pour lui certaines choses. Le livre terminé, Samuel n'arrive pas à trouver le sommeil, il est bouleversé. Il ne peut s'empêcher d'être en admiration devant ce jeune homme qui n'a pas eu une enfance heureuse, et qui est devenu ce qu'il est, un être vraiment à part. Le médecin ne peut attendre, il a besoin de parler à Jarod. En début de matinée, il téléphone à Jules, puisqu'il n'a toujours pas le numéro de son patient.

— Écoutez, j'aimerais vous inviter à déjeuner chez nous à 12 h 30 et je vais avertir Jarod.

— Je viendrai avec plaisir. Je vous dis à tout à l'heure alors, merci.

Cécile ne cache pas son enthousiasme, depuis le temps qu'elle entend parler de ce docteur. Elle prépare un bon déjeuner comme elle sait si bien le faire et un dessert. Jules a répondu si rapidement qu'il n'a pas pris le temps d'en parler à Jarod. Il doit maintenant l'en informer et redoute le fait que le garçon n'ait pas envie de voir le médecin, en dehors de la thérapie. Il s'empresse d'aller au magasin l'avertir.

— Jarod, je suis désolé. Le médecin m'a demandé s'il pouvait venir, alors je l'ai invité à déjeuner. Est-ce que cela te dérange ? Je sais que tu n'aimes pas que...

— Vous avez bien fait Jules, ne vous inquiétez pas.

Ponctuel, le médecin arrive avec une bonne bouteille de vin rouge du village. Cécile l'accueille, contente de faire enfin sa connaissance.

— J'ai beaucoup entendu parler de vous, vous savez.

— En bien j'espère.

C'est autour de la table que le docteur Pravick donne la raison de sa visite.

— Jarod j'ai lu ton livre intégralement.

— Vous avez tout lu ?

— Tu as écrit un livre ? s'exclame Jules.

— J'ai demandé au médecin s'il pouvait me l'imprimer, ce qu'il a fait. Et vous pourrez le lire aussi bien sûr. Alors qu'est-ce que vous en pensez docteur ? Je sais que j'ai été un peu rapide, mais c'est tellement plus facile de dire les choses que l'on ressent par écrit et que j'ai voulu raconter.

— C'est magnifique. Ton livre est une merveille. Je ne te cache pas que j'ai eu la chair de poule, les larmes aux yeux. Tu as tout dit avec une telle délicatesse, que j'étais curieux de savoir la suite, alors je l'ai lu jusqu'au bout. En te lisant, on passe par toutes les émotions. Je suis vraiment… vraiment fier de toi.

Pendant un instant, plus personne ne parle. Jarod est surpris par les paroles du médecin. Il a du mal à réaliser.

— Je ne l'ai pas encore lu, mais je peux te dire que je suis fière de toi moi aussi.

— Merci Cécile répond doucement Jarod.

— Je connais un éditeur, alors si tu es d'accord, je peux lui téléphoner et lui envoyer un exemplaire. Ce serait vraiment dommage de laisser ce livre dans un coin, non ? Enfin, ce n'est que mon avis ?

— Je ne sais pas. Je l'ai écrit sans me demander ce que j'en ferai ensuite. Il faut que je réfléchisse, mais je vous remercie docteur.

Jules et le docteur Pravick discutent ensemble quand Cécile apporte un beau gâteau au chocolat. Le repas s'éternise un peu. Jarod, silencieux, se demande pourquoi sa vie bascule de cette façon, aussi rapidement. Il n'arrive pas à être complètement serein. Il est dans un autre monde. Il n'a jamais vraiment su ce qu'est le bonheur. Il n'aurait pensé que sa vie prendrait un tournant pareil, lui qui n'aime pas quand tout va trop vite, parce qu'il a la sensation de perdre le contrôle. Il lui semble être dans un tourbillon, sans pouvoir s'agripper à quelque chose pour ne pas tomber.

Une fois chez lui, Jarod appelle Margot, il a besoin de lui parler, d'entendre sa voix. Ils restent toujours très longtemps au téléphone. Elle lui raconte ses journées et le garçon lui pose un tas de questions. Il la garde le plus longtemps possible et au moment où il raccroche, il y a l'absence, qu'il n'arrive pas à combler, alors il se défoule en faisant une longue série de pompes.

De son côté, chaque fois que le téléphone sonne, le cœur de Margot bat la chamade, puis elle décroche.

— Margot, ça va ? Tu me manques. J'attends avec impatience le moment où l'on va se parler. Entendre ta voix me fait du bien.

— Toi aussi Jarod, tu me manques. J'ai l'impression d'être partie depuis longtemps, trop longtemps.

— Tu sais, j'ai écrit un livre et le docteur Pravick veut l'envoyer à un éditeur.

— Oh Jarod c'est super !

— Mais je ne suis pas sûr...

— Jarod lance toi. Tu réfléchis beaucoup trop...et peut-être que moi, pas assez. C'est une bonne nouvelle, il faut que tu le fasses. Tu ne risques rien. C'est incroyable ce que tu doutes de toi ! Il faut avoir confiance. La vie va enfin te sourire. Il faut croire en toi, Jarod.

— Je vais y réfléchir. Parle-moi encore de toi qu'est-ce que tu as fait aujourd'hui ?

Le soir, Jarod décide de regarder un film policier. Il aime voir comment la police, ne partant de rien, arrive à trouver l'assassin à la fin. De raisonnements en déductions, de mensonges en contradictions, une fois tous les indices regroupés dans un ordre cohérent, le puzzle prend forme et l'histoire, l'affaire est enfin résolue.

Une nuit, le jeune homme se réveille parce qu'il se souvient avec précision ; un jour Hélène rentre dans sa chambre le soir pour lui parler. Elle chuchote, elle aussi, comme la lune, pour ne pas être entendue de son mari, Tom. Tout en le serrant dans ses bras, elle lui confie qu'il n'est pas un garçon comme les autres. Elle le sait depuis qu'il est tout petit. Il ne doit surtout pas douter de lui. Un jour, il se rendra compte de tout ce qu'il sera capable d'accomplir et que les paroles de son père ne doivent prendre aucune place.

Il n'a pas pu se rendormir.

Ce souvenir si soudain trouble Jarod. Il est pris entre le désir de se lancer et le doute. Il raconte à Jules et Cécile les paroles de sa mère et à envie de faire confiance à cette dernière, ainsi qu'à sa voix douce et rassurante. Le couple l'encourage afin qu'il vive sa vie comme il l'entend, qu'il réalise ses rêves. Eux seront toujours là pour lui.

— C'est toujours effrayant de se lancer dans l'inconnu, mais c'est comme cela que l'on apprend aussi, de ses victoires, et de ses défaites. Et toi, il me semble que tu vas vers la réussite. Tu es doué alors fonce. Tu ne risques pas ta vie.

— Écoute Cécile, la voix de la sagesse, dit Jules.

— Vous avez raison. Je vais dire au médecin que je suis d'accord pour qu'il envoie le livre.

— Ce n'est pas nous qui avons raison, c'est ta mère.

— Ah ma Cécé, si tu n'existais pas, il faudrait que je t'invente. Tu te rends compte du boulot que j'aurais eu à faire, Jarod ?

Des mots qui font rire le garçon.

Comme convenu, Jarod informe le docteur Pravick qu'il peut envoyer le livre, bien sûr le médecin reçoit la nouvelle avec le sourire. Cet après-midi-là, ce n'est pas le patient face au psychiatre, mais deux personnes qui discutent simplement.

— Très bien Jarod, c'est une bonne nouvelle. Je suis content. J'ai bien cru que tu ne me donnerais jamais de réponse. Je te tiendrai au courant, mais je suis confiant et j'aimerais que tu le sois aussi.

26

Les jours se suivent et Jarod continue de travailler et ne pense plus à son livre. Toutes ses pensées vont vers Margot. Elle lui manque tellement que parfois c'en est douloureux. Jusque-là, le jeune homme n'avait jamais pensé à qui que ce soit, à part sa mère. C'était un solitaire mais maintenant, grâce à la thérapie, il comprend mieux pourquoi et essaie de changer. Les progrès sont manifestes. Il se sent entouré et la vie lui semble plus facile.

Quelques trois semaines plus tard, le docteur Samuel Pravick rend visite à Jarod, chez Jules et Cécile. Progressivement, le médecin compte parmi les amis du couple. Le contact a dès le départ était facile. Ils s'entendent bien et parlent d'aller au restaurant ensemble, quand la compagne de Samuel sera de retour. Pendant ce temps, Jarod écoute patiemment en mangeant une part de gâteau à l'abricot.

— Jarod, l'éditeur m'a appelé hier soir. Il est emballé, ce qui ne m'étonne pas. Il est d'accord pour éditer ton livre. Il m'a posé des questions sur toi. Il voudrait te rencontrer ?

— Non...au téléphone s'il est d'accord, je lui parlerai...

— D'accord mais donne-moi au moins une photo récente, qu'il puisse mettre un visage sur celui qui a écrit le livre. Il la mettra sur le dos de la couverture, ça se fait beaucoup.

— Je sais que je devrais le rencontrer mais je suis timide. J'espère qu'il comprendra. Je vous donnerai tout ce qu'il faut.

Jules va chercher une bouteille de champagne pour fêter la nouvelle. Tous trinquent, heureux de voir que les choses s'arrangent. De fil en aiguille, les adultes se tutoient tout naturellement. Jarod écoute un peu pensif puis décide de rentrer chez lui. Il s'isole quand il parle à Margot. Elle lui confie que sa vie est sans surprise, mais n'est pas monotone pour autant. Elle préfère l'écouter parler. Elle est heureuse pour lui. Il le mérite.

— Tu sais l'éditeur aime mon histoire, ce n'est pas dingue ça Margot ?

— Non c'est génial ! Je suis contente pour toi et tellement fière aussi. Tu es exceptionnel.

— Tu exagères.

— Pas du tout, du tout. Quand tu deviendras célèbre, tu ne m'oublieras pas j'espère.

— Ne dis pas de bêtises.

La vie de Jarod s'améliore, tout devient plus clair. Malgré une enfance chaotique, il doit avancer, vivre tout simplement. Au magasin, Jules a le sourire. Il est content de voir que son protégé évolue. C'est un garçon remarquable qui peut tout faire. Il est fier de faire partie de son monde. Il est convaincu que malgré les épreuves qui jalonnent sa vie, il arrivera à s'en sortir.

Les semaines défilent sans problème car la vie de Jarod est bien réglée, quant à ses nuits, elles, sont toujours mouvementées, remplies de cris, de peur et de souffrance. Un après-midi, alors qu'il est sur le point de fermer le magasin, le médecin vient lui rendre visite.

— Bonjour docteur Pravick. Jules n'est pas là. Il est parti faire quelques courses, mais il ne devrait pas tarder. Vous voulez l'attendre ?

— C'est toi le patient. Je voudrais te parler.

— Il y a un problème ? J'en ai pour quelques minutes.

Jarod s'active pour terminer ce qu'il a à faire. Le médecin, surpris, observe le jeune homme travailler. Il est étonné de voir à quel point il est énergique. Pendant les thérapies, Jarod était différent. Il était replié sur lui-même. Il balbutiait les mots timidement. Au fil du temps, il a fini par se sentir en confiance et s'exprime avec aisance. Plus le docteur Pravick côtoie le jeune homme et plus il se sent proche de lui. C'est la première fois qu'il ressent ces choses-là, et tutoyer est une première. Il laisse toujours une large distance entre lui et ses patients, mais avec Jarod, les choses se sont faites naturellement. Il éprouve pour lui de l'affection. Il aurait pu être le fils qu'il n'a jamais eu.

— Voilà j'ai terminé. Vous voulez que l'on aille prendre un verre quelque part ? Ou...

— Non Jarod, merci. Tu te souviens que tu as écrit un livre. Je te dis cela parce que tu n'es pas très curieux. Un autre poserait des questions…

— Je vous l'ai dit, je ne l'ai pas écrit en pensant à ce que j'en ferai, mais pourquoi, vous avez des nouvelles ?

— Ton livre est en vente, en tête de gondole. Tiens, c'est pour toi.

Jarod ouvre le paquet et découvre son roman, le toucher est comme un électrochoc. Jusque-là, il n'y pensait pas car pour lui, c'était quelque chose d'abstrait, mais là devant ses yeux, ils prennent une autre dimension. Il a sa façon à lui d'appréhender les choses, de ressentir et d'agir. Malgré ses grandes capacités, il peut se montrer gauche ou trop direct dans sa manière de dire ce qu'il pense parce qu'il ne sait pas gérer ses émotions. Parfois, bien que très mature, on dirait encore un enfant.

Le médecin observe le jeune homme. Ce dernier prend enfin conscience qu'il peut, s'il le veut, concrétiser ses rêves, ses objectifs de vie.

— Tu doutais encore Jarod ?

— Oui je doute toujours de moi. Je vous remercie de me l'avoir apporté.

— Il y en a un pour Jules et Cécile et bien sûr j'en ai un pour moi. Ma compagne le lira. Je suis sûr qu'elle va l'aimer. Elle est ici, il faudra que tu la rencontres.

— Oui si vous voulez, pourquoi pas. Il faut que j'envoie un exemplaire à Margot. Elle sera surprise quand elle le recevra.

Jules est aussi heureux et fier que si c'était lui qui avait écrit l'ouvrage.
— Cécile, il faut fêter ça dignement quand même ! Qu'est-ce que tu en dis ?
— Tu veux le fêter comme ton chef-d'œuvre, Jules ?
— Arrête de te moquer de moi. Je suis content et alors ? J'ai le droit non ?
— Mais bien sûr mon chéri, moi aussi je suis contente, qu'est-ce que tu crois ? Mais tu es plus excité que Jarod. Ce petit alors, il m'étonnera toujours. J'ai un peu de mal à le comprendre. C'est un génie qui s'ignore en quelque sorte.
— C'est tout nouveau pour lui. Il se découvre en même temps que nous, nous apprenons à le connaître. Ce n'est pas banal ça. On pourrait aller quelque part, dans un bon restaurant ? propose Jules.
— Je préfère que le repas soit chez nous, la semaine prochaine. Je trouve que c'est plus intime. Je lui préparerai tout ce qu'il aime, et on invitera Samuel. Je suis sûre que Jarod sera ravi. Et tu as raison, il faut fêter cet événement dignement, il le mérite.
— On fera comme tu voudras, c'est toi le chef ma Cécé.

Cécile a envie de faire plaisir à Jarod. Elle lui prépare le repas qu'il a choisi ainsi que le gâteau, pour lui montrer son affection. Ce qu'elle fait pour lui, cette attention le touche beaucoup. Il ne se sent vraiment plus seul. Samuel Pravick fait partie des convives. Sa compagne Isabelle, ne peut être présente, mais ce n'est que partie remise. Cécile a concocté un véritable repas de fête. Jarod est émerveillé et en gourmet se délecte de tout. Le médecin, sous ses airs stricts, s'avère être une personne joviale avec beaucoup d'humour. Alors qu'ils sont encore à table, le téléphone de Jarod sonne. Quand le nom de Margot apparaît, son cœur tape fort dans sa poitrine.

— Margot, j'aurais tellement aimé que tu sois là.

— Moi aussi. J'ai essayé de venir mais sans succès. Ce n'est pas facile de s'échapper. J'ai reçu ton livre. Il était dans la boîte à lettre ce matin. J'ai hâte de le lire. Je suis tellement fière de toi Jarod ! Et si tu savais à quel point c'est dur de ne pas être près de toi.

— Oui, c'est dur pour moi aussi. Je pense à toi tout le temps. Tu sais ta grand-mère a préparé un repas magnifique pour moi. Tu as des grands-parents exceptionnels. Ils sont merveilleux. J'ai beaucoup de chance.

Après de longues minutes de discussion pleine d'amour et de tendresse avec Margot, Jarod rejoint tout le petit monde. C'est la première fois que Jarod serre Cécile dans ses bras. Il ne sait pas quoi dire pour lui faire comprendre à quel point tout le mal qu'elle s'est donné pour lui faire plaisir l'a touché. Tous ces moments heureux resteront gravés dans la mémoire du garçon. C'est un renouveau. Le début d'une autre vie, pleine de joie et de belles surprises.

Ce soir-là, Jarod s'est endormi très rapidement. La lune ne s'est pas faite attendre.
— Jarod.
— Oui.
— Je suis fière de toi, Jarod.
— Est-ce que je rêve, là ?
— Suis ta route Jarod…suis ta…
— Attends la lune, est-ce que je rêve ? La lune ?
La lune a disparu comme elle est apparue, sans faire de bruit. Le jeune homme rêve de Margot, de Cécile et Jules. Il rêve de son père aussi. À cet instant, il se réveille et a des difficultés à se rendormir. Le matin, il retrouve Jules au magasin.
— Vous êtes déjà au travail, Jules ?
— Oui, je crois que j'ai trop mangé hier. Je n'arrivais pas à dormir, alors pourquoi attendre. Je suis ici depuis presque deux heures.
— Vous devriez aller vous reposer. Je prends la relève.
— Non ça va, je te remercie, mais je suis en forme. Par contre, si tu veux t'occuper des papiers plus tard, tu me rendras un fier service. Il faut les classer et mettre de l'ordre dans le bureau. Ce n'est pas pour dire mais c'est le foutoir là-dedans. C'est pareil à chaque fois. Cécile ferme les yeux, mais je sais que ça l'agace, à moi aussi mais… tu veux bien ?
— Oui je m'en occupe.

— Merci Jarod. Fais comme avec le magasin, si tu trouves qu'il faut faire du changement dans l'organisation, vas-y, ne te gène surtout pas.

Dans le bureau, au milieu de la pièce, Jarod regarde à 360 degrés. Attentif, il analyse et dans la minute qui suit, pose tout sur le sol et se met au travail. Dans son esprit, tout est organisé. Il n'a jamais besoin de refaire, ce qui est dans sa tête. Tout est immédiatement concrétisé. Si seulement il avait foi en lui, certaines choses iraient vite, très vite.

27

Le livre de Jarod a déjà un franc succès, avec le bouche à oreille. Il se vend plus que bien. Les villageois sont heureux et fiers de savoir qu'un écrivain reconnu habite le village. Tout le monde le salue, lui demande s'il a un autre livre en route. Jarod n'aime pas trop être abordé dans la rue. Sa timidité l'empêche de communiquer comme il le voudrait. Certains lui rapportent que dans des librairies, son livre est en vitrine. Dans une émission littéraire, son histoire est à l'honneur.

Les jours et les semaines défilent. Tout se passe bien pour le jeune homme, même son compte en banque grossit. Il en profite pour faire plaisir à Jules et Cécile. Lui ne veut qu'une chose, se sentir bien pour pouvoir rendre heureuse celle qui lui apporte tout l'amour dont il a besoin. Décembre est là. Les jours ont passablement raccourci. Jarod aime cette période. Les lumières dans les rues, les magasins avec leurs décorations de Noël. Ce village, été comme hiver, a son charme. Le jeune homme a des idées plein la tête, mais il n'arrive pas à faire le tri. Tout attire son attention. La science lui fait de l'œil. La tête dans les étoiles, l'astronomie le fait rêver. Il attend que la lune lui dise ce qu'il doit faire. Continuer à écrire ou changer de trajectoire, d'horizon. L'écriture a été pour lui une belle échappatoire mais est-ce à cela qu'il doit se consacrer, parce qu'il a une idée pour un deuxième roman. S'il veut, il peut l'écrire en un rien de temps. Tout est clair maintenant, mais il n'arrive toujours pas à faire un choix définitif. Peut-être que le docteur Pravick lui dira ce qu'il doit entreprendre.

— Vous ne repartez pas ? Je croyais que vous restiez que quelques mois.

— Ma compagne, Isabelle, a envie de passer les fêtes ici. Tu n'as toujours pas fait sa connaissance. Quelque chose ne va pas ?

— Docteur, j'ai des idées plein la tête. J'aime écrire, mais la science, l'astronomie, les maths, ... Tout me plaît. Je ne sais pas ce pourquoi je suis fait. J'ai d'autres idées de roman mais...

— Où est le problème Jarod ?

— Pouvez-vous me dire, si je suis fait pour écrire?

— Toi, qu'est-ce que tu en penses ?

— Pourquoi vous répondez à mes questions par des questions ?

— Parce que ce n'est pas à moi de te donner les réponses. C'est toi seul qui dois les trouver. Moi je suis là pour t'aider, c'est tout. J'espère t'être un peu utile, mais en aucun cas je te dirai ce que tu dois faire.

— Je suis bien avancé, alors. J'en parlerai à Margot, peut-être qu'elle…

— Non Jarod. C'est toi qui dois décider. Tu es très têtu ou tu ne veux pas entendre ? Durant toute ton enfance, tu as été brimé et maintenant, tu as peur de prendre des décisions importantes. Tu doutes trop de toi, il faut que cela change.

— Oui, je sais mais...

En fin d'après-midi, Jarod décide de faire quelques courses. Alors qu'il circule dans les rayons de l'épicerie, il se rend compte qu'une jeune femme à peine plus âgée que lui, le regarde avec insistance. Il fait semblant de ne pas le remarquer. Après quelques achats, il repart sans se retourner sur celle qui l'observe. Puis plus tard, dans la boulangerie, il attend patiemment son tour pour acheter une baguette de pain et un gâteau au chocolat pour Jules et Cécile. Jarod est sur le point de sortir de la boutique, quand l'inconnue entre et le regarde fixement. Qui est-elle ? Qu'est-ce qu'elle lui veut. Il continue sa route et tente de la voir discrètement, mais la jeune femme discute avec la vendeuse, ce qui le rassure un peu.

À la vue du gâteau au chocolat, Jules ne tient pas en place, ce qui amuse Jarod. *Plus gourmand que Jules, ce doit être dur à trouver.*

— Jarod, enfin pourquoi tu amènes un gâteau ? questionne Cécile.

— Qu'est-ce qu'il y a Cécé, tu veux me punir ? Après la soupe de légumes, on mange un gâteau, alors quoi ? C'est bien non, il n'y a pas de problème.

Le jeune homme ne peut se retenir de rire. Pendant le repas, Jarod se confie.

— Je crois qu'on me suit.

— Comment ça ? demande Jules surpris.

— Il y a une jeune femme que je trouve sur mon chemin. Elle me regarde avec insistance.

— Elle t'a peut-être reconnue. Il ne faut pas t'en faire mon garçon. Qu'est-ce que tu es anxieux tout de même.

— Oui, Jules a raison, Jarod. Elle n'a aucune raison de te suivre. Tu es un beau garçon alors que peut-être…

— Mais alors Cécile, qu'est-ce qu'il t'arrive ?

— Mais rien Jules. Je donne juste un avis. C'est peut-être autre chose, je n'en sais rien. Mais une jeune fille qui regarde un beau garçon n'a rien de surprenant que je sache.

— Je suis sérieux, je n'aime pas sa façon de me regarder. Il y a quelque chose chez elle qui me dérange.

— Arrête de t'inquiéter et mange. Il y a le gâteau au chocolat qui nous attend, déclare Jules, impatient de s'attaquer au dessert.

Dans la chambre qui lui est attribuée, il se détend devant son pc. Pour oublier l'inconnue, il regarde tout une série de dessins animés, comme « Titi et Grosminet, « Bugs Bunny » et bien d'autres encore. Il y a très peu de temps qu'il s'intéresse aux cartoons. Il pense aussi à Margot et son coup de crayon. Il se rend compte qu'il a manqué beaucoup de choses durant son enfance difficile. Les scènes qui se déroulent devant ses yeux arrivent à le distraire. C'est comique et plein de sensibilité parfois. Les personnages se sortent toujours d'affaire, sans une égratignure, même tombés d'un quinzième étage et cela ne surprend pas les enfants. Dans leur chambre, Jules et Cécile entendent Jarod rire, ce qui les amusent.

— C'est peut-être un génie mais il a encore une âme d'enfant ce garçon, dit Cécile. Il est adorable.

Cette nuit-là, les rêves sont étranges car les personnes réelles se mélangent aux personnages de dessins animés, mais ils sont beaucoup moins drôles. Le visage de sa mère apparaît flou. Il doit faire un gros effort pour le distinguer. Tout s'enchaîne dans la plus grande des confusions. Certains de ces songes l'interpellent. Des épisodes du passé réapparaissent, ceux qui étaient le plus ancrés dans sa mémoire. Il ne peut s'empêcher de ressentir comme une mise en garde, pour lui c'est un signe. Tout ce qui l'inquiète fait remonter à la surface ses peurs irrationnelles enfantines, mais surtout celles que son père a insérées dans son ADN. Il ne lui a inculqué que terreur et honte de soi.

Emmitouflé dans son gros blouson, Jarod, les mains dans les poches, se presse pour retrouver le docteur Pravick. Dans la rue, il n'y a personne, sauf cette jeune femme qui arrive en sens inverse. Sur le moment, Jarod ne la reconnaît pas derrière sa grosse écharpe en laine rouge. C'est quand elle arrive à sa hauteur d'un pas décidé, qu'elle l'aborde d'un ton sec.

— Bonjour Jarod.
— On se connaît ?
— Moi je te connais. Tu as écrit un livre, c'est bien ça ?

— Oui mais...

— Je voudrais t'inviter à prendre un verre. Tu es partant ? À ta place je le serais.

— Non, désolé mais on m'attend et de toute façon je n'ai rien à vous dire, alors...

— Ce n'est pas grave. Nous aurons d'autres occasions, j'en suis sûre.

— Non je ne crois.

Au moment où Jarod décide de continuer son chemin, la jeune femme lui barre la route.

— On se reverra Jarod que cela te plaise ou non.

— Si vous voulez me dire quelque chose c'est le moment, sinon fichez-moi la paix.

— Tu es très mignon tu sais, même quand tu te mets en colère.

— Mais qui êtes-vous ?

La jeune femme répond presque l'air amusé.

— Je m'appelle Lola.

Son sourire n'est pas naturel et cette manière qu'elle a de le fixer le rend nerveux. Elle semble vouloir l'intimider, lui imposer sa présence. Il ne sait pas trop. Ce qu'il sait en revanche, c'est qu'il n'a pas l'intention de se laisser ennuyer par cette femme. Il a écrit un livre, pour elle, l'histoire s'arrête là.

Avec Samuel Pravick, Jarod n'a plus de mal à se confier au médecin. Il parle de sa vie nocturne sans hésitation. Il se rend compte toujours un peu plus, que se livrer l'aide beaucoup.

— Je sors tout doucement de l'épais brouillard. Tout cela me fait peur mais c'est la seule façon pour moi de trouver la tranquillité. Je me dis très souvent que je manque de bravoure. Vous êtes tous persuadés que je n'ai pas de caractère peut-être. Je n'ai rien à redire là-dessus, mais j'ai vécu dans le déni et la réalité fait plutôt mal.

— Tout d'abord, je ne suis pas là pour juger les patients mais pour les accompagner, les aider à trouver des réponses. Ensuite, tu as fait ce que tu as pu pour te protéger, pour tenir la tête hors de l'eau. Tu as fait ce qu'il fallait, et maintenant tu es capable d'affronter tes peurs, de les combattre. Tu as le courage et la volonté. Tu te bats. Il n'y a rien d'autre à dire.

— Vous êtes indulgent.

— Non, je suis psychiatre. Peut-être que d'autres se montreraient plus durs, ce n'est pas ma façon de faire, de travailler. Il ne sert à rien de bousculer une personne qui a déjà beaucoup de mal à gérer certaines choses.

— Margot me manque et parfois ça me fait mal, dit Jarod en posant sa main sous le diaphragme.

Jules se laisse toujours submerger par les papiers administratifs à un moment donné. Il procrastine. Remettre au lendemain devient de plus en plus fréquent. La paperasse est une des rares choses qu'il n'aime pas faire.

— Jules, pourquoi vous ne voulez pas tout informatiser ? Ce serait beaucoup plus simple et surtout, moins encombrant ? Vous êtes têtu vous aussi.

— Non je préfère avoir tout sur le papier, ça me rassure. L'ordinateur c'est bien mais je n'ai pas confiance.

— C'est une corvée pour vous et je vous comprends. Je peux tous les jours classer votre courrier, vos factures pour le comptable et faire le reste aussi. Je mettrai tout dans le pc. Vous n'avez pas à vous inquiéter. Ce sera rangé de façon à ce que vous n'ayez pas à chercher et tout ce que je peux faire, je le ferai, Jules. Et puis ça me changera un peu.

— Il ne faut pas te sentir obligé surtout. Tu en fais déjà bien assez au magasin. L'administratif ce n'est pas pour moi. Je me demande comment certaines personnes peuvent faire ça une bonne partie de leur vie. Mais si cela ne te dérange vraiment pas, alors fais. J'ai une totale confiance en toi. Tu sauras gérer bien mieux que moi. Je te remercie beaucoup Jarod.

28

Les jours passent sans ombre, seules les nuits sont troublantes. Un soir, Jarod décide de marcher le long de Lumières, la rue qui mène à la « pizzéria Hugo ». L'air hivernal lui fait du bien. Sur toute la longueur, les flammes des petites bougies dansent dans des pots en verre. Le jeune homme ne se lasse pas de cette ambiance de fête. Certains hivers, le père Noël dans son traineau passe régulièrement, ce qui ravit les enfants et sûrement les grands. Bien sûr, il n'y a pas autant de monde qu'en été, mais le village de Goult, quelles que soient les saisons, est un village où il fait bon vivre, en tout cas pour Jarod. Il prend le temps de respirer l'air frais, de regarder les étoiles dans le ciel. Son amie la lune n'est pas venue lui parler depuis plusieurs nuits. S'est-elle détournée de lui ?

Le magasin est fermé, le jeune homme se sent prêt à ranger la chambre de sa mère, la vider serait plus juste. À chaque fois c'est difficile. Il n'arrive pas à faire son deuil. Malgré le temps qui passe, c'est toujours aussi douloureux, comme si elle était partie la veille. Il commence par la commode. Il ne veut pas s'attarder sur les affaires. Il sait qu'il pourrait les remettre à leurs places très rapidement. Il vide tous les tiroirs et met le tout dans un sac en plastique qu'il donnera plus tard. Il garde seulement un foulard chamarré qu'elle portait souvent. C'était son préféré.

Jules tape à la porte.

— Bonjour Jarod, tu veux bien déjeuner avec nous ?

— Vous tombez bien Jules. Je suis en train de vider la chambre de ma mère. Elle me manque plus que je ne le voudrais, mais il faut que j'enlève ses affaires. Je sais que si je ne le fais pas maintenant, je ne le ferai jamais. Il faut absolument que je peigne les murs d'une autre couleur, que je change les rideaux, les meubles. Enfin tout quoi. J'ai de la peine à le faire, mais c'est nécessaire. Je dois regarder devant moi. Ce n'est pas pour autant que je l'oublierai.

— Pourquoi tu ne déménages pas ? Ton appartement est mignon, mais maintenant tu peux le laisser. Ton livre te permet de faire ce que tu veux financièrement. Et tu as raison, tu dois penser à ton avenir. Je suis sûr que ta mère serait d'accord avec ça. Elle pensait plus à toi qu'à elle et aujourd'hui elle serait fière de toi, elle t'encouragerait même. C'était une brave femme Hélène. Tu veux que je t'aide ?

— Oui merci. J'ai vidé toute la commode, maintenant on s'attaque à l'armoire.

Avant de commencer, le jeune homme regarde les habits, les touche.

— Jarod, pour que ça fasse moins mal, il faut faire comme avec le sparadrap, tu le sais. Tu ne dois pas t'attarder.

— Oui…je sais mais…ça me fait de la peine.

Ils enlèvent tout ce qui est pendu.

— Jules n'oubliez pas de regarder dans les poches, s'il vous plaît.

Jules et Jarod retirent les cintres et remplissent le grand sac en plastique. Jules s'apprête à plier un manteau quand une enveloppe tombe d'une des poches.

— Regarde, c'est une lettre.

Jarod la prend doucement et s'assied au bord du lit. Il ne reconnaît pas l'écriture de la personne mais en découvrant le contenu écrit à l'encre noire, il sait maintenant que c'est son père. C'est une lettre de menace et en la parcourant, son teint devient exsangue. Il lit chaque mot jusqu'au bout. Il sait plus encore maintenant, à quel point son père était ignoble.

— Oh, ça ne va mon garçon, tu es tout pâle ?

— C'est…c'est une lettre de menaces. Je ne sais pas quand exactement, mais nous devions être partis quelque part, parce qu'il la somme de revenir, sinon ça se passerait mal pour elle, mais surtout pour moi. Tenez, lisez-là.

Jules découvre avec stupéfaction, toutes les injures et intimidations que Tom profère, mais il préfère taire sa colère devant Jarod.

— Tout cela est horrible. Ton père était un sale type mais maintenant tu dois apprendre à vivre. Le passé est passé. Ça fait mal et ce sera toujours là, en toi, mais tu dois avancer. Même si c'est difficile, ton avenir doit être ta priorité. Tu t'en tires très bien déjà.

— C'est pour elle que j'ai de la peine. Je n'ai pas pu l'aider. Elle ne m'a jamais parlé de lui.

— Elle devait avoir ses raisons.

En débarrassant toute l'armoire, Jarod trouve des photos. Hélène est près de Tom. Elle a le regard triste et un sourire timide. Les yeux du garçon se remplissent de larmes et Jules malgré lui, a la gorge nouée.

— Tu veux garder toutes ces photos ?

— Je vais les découper pour n'avoir qu'elle.

Jarod a du mal à parler. Il n'est pas capable de contenir ses sanglots. Son chagrin est immense. Ils terminent malgré tout ce travail pénible et rejoignent Cécile dans sa cuisine.

— Qu'est-ce qu'il se passe ? Vous en faites une tête ?

— Jarod a vidé la chambre de sa mère.

Cécile s'approche du jeune homme et le serre dans ses bras. Elle sait que la vie n'a pas été facile pour le jeune homme, c'est pour cette raison qu'elle fait tout pour lui faire plaisir. Il faut qu'il comprenne que les choses changent et qu'il a le droit d'être heureux.

Dans quatre jours c'est Noël. Jarod ne sait toujours pas ce qu'il va bien pouvoir offrir à Jules et Cécile. Ils ont déjà tout. Pour Margot c'est différent. Le cadeau est déjà là. Il veut lui offrir une des bagues qui appartenaient à sa mère. Les jours ont vite passé. Il reste peu de temps à Jarod pour faire ses achats. Trois jours qu'il va mettre à profit.

J'ai fait comme Jules. J'ai remis à plus tard, et voilà, maintenant c'est la galère.

Il s'apprête à sortir quand quelqu'un tape à la porte.

— Qui est-ce ?

Personne ne répond. Jarod, agacé, ouvre la porte. Il lui faut une longue minute pour réaliser, pour comprendre qui est en face de lui. Dans son corps, son sang ne semble plus circuler. Il se sent pâlir. Il ne tient plus trop bien sur ses jambes, il chancelle. Il recule doucement. L'homme qui se tient à quelques mètres devant lui, entre dans l'appartement et ferme la porte violemment.

— Bonjour Jarod, c'est papa !

Jarod ne dit rien. Il a du mal à parler et à avaler sa salive. Il se sent nauséeux. Il fait un retour en arrière, quand il était petit. La peur le fige. Il est incapable de bouger. Tom se tient devant lui, bien droit. C'est un homme grand, robuste, avec un visage sévère. Ses yeux bleus foncés lancent un regard dur à son fils.

— Alors c'est comme ça que tu accueilles ton papa adoré !

Tom dit ces mots de façon piquante, avec un rictus de méchanceté sur son visage. C'est un sanguin, il ne fait aucun effort pour se contrôler. Ce sont les autres qui doivent faire attention, lui fait ce qu'il veut, quand il veut. Il semble dénué de toute sensibilité. C'est un égocentrique patenté, qui n'a aucune considération pour son fils. Jarod lui ressemble beaucoup physiquement, mais ils n'ont vraisemblablement rien en commun. Son père s'approche si près de Jarod, que les visages se touchent presque. Il dévisage son fils avec froideur puis les insultes fusent. Il n'a pas mis longtemps avant de dégainer tout ce qu'il lui passe par la tête. Il ne dit pas les mots, il les crie, comme s'il s'adressait à une personne malentendante.

— Alors comme ça, mon fils a écrit un livre ! Si tu l'as fait, C'EST GRÂCE Á MOI tu m'entends, petit morveux. Toi et ta mère, vous n'êtes RIEN. C'EST MOI qui t'ai doté de cette capacité à raconter des bobards. Tu vas faire tout ce que je te dis. À commencer par la banque, tu vas retirer un maximum d'argent et ne t'avise pas de me faire une entourloupe, t'as compris ? Elle est où ta feignasse de mère ?

Jarod tétanisé ne répond pas.

— Tu vas répondre, oui ?

— Elle…elle

— Elle, elle, ELLE EST OÙ ?

— Elle…elle est décédée. Elle a eu une cri…

— Elle est morte, alors je n'ai qu'à m'occuper de toi, ce sera encore plus facile. Je te préviens, n'essaie pas de me la faire à l'envers sinon je saurais taper là où ça fait mal. Et si quelqu'un arrive, TU LA FERMES, c'est compris ? Pas un bruit. Il faut qu'on pense que tu es sorti.

Jarod redevient un enfant apeuré. Il n'ose pas parler, et quand il ouvre la bouche son père l'entend à peine.

— Quoi ? Qu'est-ce qu'il y a ? Et qu'est-ce qu'elle fout encore cette bonne femme ? Elle commence doucement à me gonfler, celle-là aussi. Elle a intérêt à se magner et en vitesse.

Pendant qu'il parle, le jeune homme tente de se calmer. Il ne comprend pas de qui il parle. Il est paralysé, incapable de réfléchir ou de se révolter. Depuis un certain temps déjà, il fait du sport ce qui a façonné son corps. Il pourrait se mesurer à son père mais ce dernier a du pouvoir sur lui. Il est revenu vers Jarod pour continuer ce qu'il a toujours fait. Tom, avec brutalité, lui rabâchait toujours les mêmes choses. Les insultes fusaient de façon récurrente au point qu'elles se sont immiscées dans l'esprit de Jarod. Il a fait croire à son fils, que sans lui, il ne valait rien. Il devait obéir et n'avait aucun droit à la parole, sinon, c'était la punition qui l'attendait. Il devait encaisser sans jamais se plaindre. Le petit garçon qu'il était, ne pouvait que croire ce que son père lui disait. Il a grandi en entendant à longueur de journée des paroles blessantes. Elles se sont gravées dans son esprit, sans s'en rendre compte.

Alors que Tom tourne en rond comme un animal en cage, quelqu'un tape à la porte. Le jeune homme a peur que ce soit Jules. C'est son père qui va ouvrir.

— Comment ça se passe ?

— Très bien, entre et ferme la porte à clé, ordonne Tom.

Jarod n'en revient pas. Il a déjà vu cette femme. C'est celle qu'il croise à chaque fois depuis peu et qui le fixe avec insistance.

— Jarod, je te présente ma petite amie, Lola. Tu vas rester bien sage, c'est compris.

Maintenant Tom parle sans crier. Il serre la jeune femme dans ses bras et l'embrasse fougueusement. Le jeune homme les regarde. Il se sent perdu. Il ne sait pas ce qu'il doit faire. Son père est capable de tout, rien ne l'arrête.

— Bonjour Jarod, tu me reconnais ? Tu n'es pas comme ton père, tu es un vrai sauvage, toi. Alors tu vois, je ne t'ai pas menti. Je savais que l'on se reverrait. J'ai apporté des sandwichs pour le repas de ce soir.

— Tu as bien fait. Toi, Jarod, écoute-moi bien. Tu vas à la banque retirer de l'argent et tu reviens tout de suite. Je vais te suivre de très près. Tu as intérêt à filer droit et de ne pas traîner en route. Je t'interdis de parler à qui que ce soit, c'est compris ? Allez, lève-toi et dépêche, la banque ne va pas tarder à fermer.

Le jeune homme s'exécute. Il prend sa veste et sort suivi de son père. Dehors, il fait un froid glacial. Il n'y a presque personne dans la rue. Jarod se presse, le cou enfoncé dans son gros blouson. À hauteur de la boulangerie, il se retourne, Tom est à quelques mètres de lui. Il doit faire quelque chose sans éveiller les soupçons quand il sera au guichet. Il n'y a aucun client dans la petite poste. Jarod décide d'écrire un petit mot sur un dépliant. Il prend le stylo sur son socle le plus discrètement possible, quand la sonnette de la porte d'entrée retentit. Jarod se retourne. Son père lui lance un regard menaçant, et

s'avance tout près pour lui chuchoter quelque chose à l'oreille.
— Qu'est-ce que tu fais ?
— Rien…rien, j'attends que quelqu'un vienne.

Un homme d'une cinquantaine d'années vient s'occuper de Jarod. Il l'informe qu'il ne peut retirer la somme qu'il demande, son maximum est de trois cents euros, pas plus. Tom se retient. Il ne veut pas attirer l'attention sur lui. Mais dans son for intérieur, il peste. S'il le pouvait, il hurlerait.
— Vous êtes ensemble ?
— Oui monsieur.
— Signez-là s'il vous plaît. Merci, bonne fin de journée messieurs et passez de bonnes fêtes.
— Merci monsieur, au revoir.

Un fois dehors Tom demande à Jarod d'accélérer le pas.
— Comment se fait-il que tu ne puisses pas retirer plus d'argent ? Tu n'as pas fait le nécessaire ? Tu gagnes bien maintenant. Il faudra que tu t'en occupes, ça ne m'arrange pas ça. MERDE, ça me gonfle ! Il faut toujours que tu fasses les choses de travers. Tu es un bon à rien. Ta mère t'a élevé comme une fillette.

Jarod sent monter en lui de l'exaspération, mais devant se monstre, il est incapable d'élever la voix, de se rebeller. Il doit refouler sa colère. Il déteste cet homme. Il éprouve même un dégoût viscéral envers lui, pourtant il n'arrive pas à lui faire front.

De retour, la chaleur de l'appartement fait du bien. Lola sort les sandwiches quand le téléphone sonne.

— Qu'est-ce que tu attends, réponds bon sang. Rien n'a changé décidément, tu es toujours aussi lent, déclare Tom.

— Bonsoir...

— Ça va mon garçon, tu as une voix bizarre ?

— Oui, ça va, mais je ne pourrai pas venir ce soir.

— Ah bon pourquoi ? Tout va bien ?

— Oui tout va bien.

— Bon, c'est dommage. Je n'insiste pas mais si tu changes d'avis, n'hésite pas surtout. Cécile va être un peu déçue. Bonsoir Jarod à très bientôt.

— Bonsoir.

Tom écoute attentivement son fils sans le quitter des yeux. Il y a de la haine dans son regard, du mépris pour celui qui est au bout du fil. Est-ce qu'il est capable d'aimer quelqu'un en dehors de lui-même ?

— C'est qui cet homme ? Celui qui a le magasin avec sa bonne femme ?

Jarod ne répond pas.

— JE T'AI POSÉ UNE QUESTION !

— Oui.

— À partir de maintenant, tu ne les fréquentes plus, c'est compris ?

— Ils...ils vont s'inquiéter.

— Ils vont s'inquiéter, répète Tom en grimaçant. Regarde-moi bien espèce de petit con, tu vas faire ce que je te dis, sinon je n'hésiterais pas à m'occuper d'eux. T'as compris ?

— T'as…t'as pas intérêt…

— Quoi ? Je n'ai pas bien entendu là, je n'ai pas intérêt ? Mais pour qui tu te prends ? Tu n'es rien, tu m'entends ? Sans moi tu n'es RIEN ! ALORS TU LA FERMES ! Je te l'ai déjà dit. Tout ça, c'est la faute de ta mère à te protéger comme un nourrisson.

— Je t'interdis de parler de ma mère comme... comme tu le fais. Tu ne la méri…

Tom gifle son fils. Il ne peut contenir sa rage. Il prend cette réflexion comme un manque de respect. C'est la première fois qu'il lui lève la main dessus. Il était illusoire de penser que Tom puisse changer.

— FERME TA GUEULE ! Je ne veux plus t'entendre, t'as compris ? ET NE ME PARLE PLUS DE CETTE FAÇON.

Jarod sent monter en lui une colère trop longtemps refoulée. S'il n'a pas pu défendre sa mère, il ne laissera pas Tom s'en prendre aux personnes qui comptent le plus pour lui. Il doit trouver la force d'affronter ce minable. Il pense à Margot qui sait ce qu'elle veut et se lance parfois des défis. Malgré les doutes, elle plonge dans le grand bassin, fait ce qu'il faut pour y arriver. Il la trouve courageuse, pugnace. Le garçon respire profondément et se plante devant cet individu malsain. Son cœur bat fort. Il n'a presque plus de salive dans la bouche. Il ne sait pas s'il est capable d'affronter cet homme. Il a les jambes qui flageolent un peu. Quand il était petit, son père faisait mal avec des mots cinglants, c'était son arme. Jarod constate que l'agressivité de Tom a pris une autre forme. Malgré sa difficulté à mettre un pied devant l'autre, il s'efforce de trouver un peu de fermeté pour le défier. Il le faut. C'est peut-être la meilleure façon de faire disparaître ses démons.

— Tu …tu ne leur feras rien. Je t'en empêcherai.

— C'est quoi ton problème petit con ? Je t'ai dit que je ne veux pas t'entendre, c'est bien compris ça ? Tu ne le sais pas encore, mais nous allons faire de grandes choses ensemble. Tu vas m'écouter et tout ira bien.

— Tu ne le sais pas encore, mais je ne ferai rien pour toi, tu m'entends, RIEN ! Je préfère mourir.

Quand Jarod crie, une petite parcelle de lui le dégage d'un poids, certes minuscule, mais cela lui fait du bien et l'encourage. Tom regarde son fils. Il inspire profondément, crispe ses mâchoires et ferme les poings. Jarod est si angoissé, qu'il a du mal à réagir, mais il est temps pour lui d'affronter son pire cauchemar. Il doit trouver au fond de lui l'énergie nécessaire pour y arriver.

— Quoi…tu as envie de me…de me…frapper, alors frappe, CONNARD. C'est…c'est tout ce que tu sais faire peut-être. Tu ne vaux…vaux RIEN.

Le regard de Tom est rempli de hargne. Il hurle et se rapproche un peu trop près de son fils, qui sait à cet instant qu'il va devoir se battre. Il cherche en lui la force d'aller jusqu'au bout. Il se sert, pour cela, de son aversion pour se donner du courage et se défendre.

— Non mais je rêve là, tu m'insultes ? Ton copain qui tavaille au magasin, je vais lui faire sa fête, si bien que tu ne pourras pas le reconnaître et sa femme...

C'est insupportable pour Jarod qui, sans réfléchir, donne un coup de poing si fort à ce père indigne que ce dernier recule et tombe. Sans attendre, le jeune homme se jette sur lui pour le frapper à nouveau. À cet instant, il déverse toute la haine dont il est capable, sur cet individu qui a détruit sa mère. Oui c'est à cause de lui qu'elle est morte. Jarod en est convaincu. Là, tout de suite, il a envie de le massacrer. Ce n'est pas dans son caractère, mais frapper lui fait un bien fou. Il pense à sa maman qu'il n'a pas pu protéger. En une fraction de seconde, il voit son visage et se dit qu'il doit pour elle aussi, donner une leçon à cet homme méprisable. Il n'y a plus d'emprise, c'est le moment de se libérer. Il se défoule et tape de toutes ses forces.

— Tu ne méritais pas ma mère. Tu l'as tuée. C'est à cause de toi qu'elle est morte, dit Jarod entre deux inspirations.

Père et fils se bagarrent comme des sauvages, sans retenue. Mais Tom est grand et vigoureux, il n'a pas l'intention de se laisser faire. Ce n'est pas son genre. Il ne loupe pas son fils. Il se fiche de le défigurer. Chacun exprime sa haine pour l'autre, mais bien que Jarod soit fort, son père a pris le dessus. Il lui assène trois grands coups de poings sans lui laisser la moindre chance de riposter. Jarod perd connaissance pendant quelques minutes. Il a le visage tuméfié et en sang. Lola jusque-là regardait sans dire un mot, terrifiée. Elle s'approche du garçon qui ne répond pas. Il est inconscient.

— Mais qu'est-ce que tu as fait ?

— LA FERME. Je vais me nettoyer dans la salle de bain. Si quelqu'un vient, pas un bruit, tu m'entends ?

— Oui… d'accord, répond Lola timidement.

— Passe lui un gant ou ce que tu voudras sur la figure. Il ne va pas falloir qu'il me cherche, ce con.

— Et s'il perd connaissance pour de bon ? Ou s'il ne se réveillait plus ?

— Il va se réveiller, ne m'énerve pas.

29

Le jeune homme commence peu à peu à réagir, ce qui rassure Lola. Elle humidifie un gant de toilette qu'elle passe sur le visage, puis ajoute des glaçons. Elle s'occupe de lui, et l'observe. Elle a de la peine à le voir dans cet état, *lui si beau*. Tom l'a bien amoché. Ce dernier installe Jarod sur le lit sans aucune délicatesse.

Il est vingt heures. Le père de Jarod mange son sandwich avec appétit quant à Lola, elle, se force par peur des représailles. Jusque-là, elle était attirée par cet homme qui lui promettait un avenir merveilleux. Elle a tout de suite été attirée par le charme qu'il dégageait et son allure sportive. C'est un homme au physique agréable. Il s'est toujours montré gentil avec elle, mais dès le début, elle a senti qu'elle ne pourrait jamais rien lui refuser. Ce soir, le doute s'installe dans son esprit. Taper sur son fils avec une telle cruauté et une telle rage la surprend. Elle ne connaît pas son compagnon, elle le découvre pour la première fois. Ils vivent ensemble depuis deux ans. Il faut dire que pendant la journée, il n'était jamais avec elle. Il rentrait tard le soir avec un cadeau ou un bouquet de fleurs, histoire de lui faire croire à quel point il l'aimait et comme elle comptait pour lui. Elle avait à faire à un bonimenteur qui lui disait ce qu'elle avait envie d'entendre. C'est seulement maintenant qu'il dévoile sa véritable personnalité. Lola a été naïve et aveuglée par l'amour qu'elle lui portait. Ce soir, elle n'a qu'une seule envie, c'est de s'éloigner de lui. Elle espère pouvoir quitter cet homme autoritaire, dur et indifférent à tout ce qui peut arriver aux autres, à commencer par son fils.

— Quoi, qu'est-ce qu'il y a ? Tu n'as pas faim ? Tu commences doucement à me plaire toi aussi.

— Mais Tom, tu as vu dans quel état il est ? Qu'est-ce qu'on va faire ? Tu veux vraiment rester là ? Personnellement, je préfère repartir et...

Tom ricane et lentement s'approche de Lola et l'attrape par les cheveux.

— Non mais tu rêves là, ma belle. Tu vas rester ici avec moi c'est bien compris ? On est ensemble et s'il arrive quelque chose de fâcheux, tu es aussi coupable que moi. Ne l'oublie surtout pas. Toi et le gamin, vous n'avez pas intérêt à m'emmerder. Tu feras ce que je te dis, quand je te le dis. Ne me fais pas répéter les choses, si tu ne veux pas qu'il t'arrive des bricoles. Et puis, je suis crevé, alors lâche-moi.

Pendant une partie de la nuit, Lola veille sur Jarod. Elle ne sait pas quoi faire. Tom ne lui avait rien dit de ses projets. Il lui a fait croire qu'il allait gagner beaucoup d'argent et qu'elle serait gâtée. Elle l'a suivi en toute confiance, rien dans le comportement de son compagnon l'avait alertée jusque-là. Bien sûr, faire peur à Jarod, lui mettre la pression ne la dérangeait pas plus que ça. Elle n'a eu aucun scrupule, ni aucun doute sur la légitimité de ses actes. Tom l'a manipulée. Il lui a fait croire un tas de choses sur son ex-femme Hélène et Jarod. Elle savait qu'il voulait voir son fils, sans se douter qu'il serait le pigeon, le compte en banque. Il lui a littéralement retourné le cerveau, mais elle n'a rien vu, rien compris, jusqu'à ce soir. Elle se sent stupide et s'en veut d'avoir cru toutes ses belles promesses. Elle n'est qu'un pion dans le jeu grandeur nature de celui qu'elle croyait aimer. Tom s'autorise tout quand qu'il n'a pas ce qu'il veut. C'est un individualiste, un malade, personne ne l'intéresse et rien ne peut l'attendrir. Il est dangereux. Il manipule les gens comme de vulgaires marionnettes.

La nuit a été longue.

Jarod tout doucement se réveille. Son corps est endolori et son visage est boursouflé à cause des coups. Il a du mal à ouvrir la bouche. Dans la cuisine, Lola prépare nerveusement le café, pendant que Tom est penché sur son téléphone. Il envoie de nombreux messages.

— Tiens, il y a aussi du pain et du beurre.

— Oui je vois ça, rétorque Tom.

— Je vais voir si Jarod peut se lever, il faut...

— Non, laisse. Je vais y aller. Pas un bruit c'est compris.

Tom est toujours aussi déterminé. Il se dirige dans la chambre où Jarod se repose et l'aide à se soulever sans aucune précaution. Il lui donne l'ordre d'aller manger quelque chose. Le jeune homme marche difficilement, mais il s'exécute. Il sait que pour le moment, il n'est pas en mesure de se défendre ou de faire quoi que ce soit. Il ne peut s'empêcher d'être inquiet pour Jules et Cécile.

Comment faire pour sortir de cette impasse. Il n'a aucun moyen d'informer les personnes qu'il aime, car son père est l'affût de ses moindres mouvements. Il le tient prisonnier, ainsi que Lola.

Jules n'a aucune nouvelle de son protégé. Il lui téléphone pour se rassurer. Il sait qu'il ne devrait pas, parce que Jarod est en congés, mais il trouve son silence inquiétant.

— C'est bizarre, Jarod ne répond pas.

— Il dort peut-être. Il est en vacances après tout, Jules. On doit le laisser un peu tranquille surtout que dans trois jours, il sera avec nous. C'est Noël, il veut sûrement faire des achats. Arrête de t'inquiéter parce que tu vas finir par me stresser.

— Oui tu as sûrement raison Cécé.

— En parlant de ça, j'ai des achats à faire moi aussi. Je n'ai pas terminé, renchérit Cécile.

— Et bien moi, j'ai un beau cadeau pour toi ma chérie. Je suis sûr que tu vas l'aimer.

— Alors vivement que le père Noël arrive.

Jules et Cécile sont heureux. Leur fille Camille arrive ce soir avec Margot. Ce sera une belle surprise pour Jarod qui ne s'y attend pas. Ils ont le cœur en fête. Ils profitent de cette journée pour ajouter des décorations de Noël. L'appartement est illuminé par de nombreuses guirlandes. C'est une période qu'ils affectionnent tout particulièrement. Dans le coin du salon, il y a un magnifique sapin. Les vitres sont garnies de fausse neige, de pères Noël et de rennes.

Jarod remue le moins possible, quant à son père, l'état de son fils ne l'inquiète guère.

— Tu devrais te prendre une douche bien chaude, Jarod. Je suis sûre que ça te ferait du bien, conseille Lola.

— Tu vas arrêter oui ? Tu n'es pas sa nounou, qu'il se débrouille. Il n'a pas besoin que tu lui tiennes la main, c'est compris ? Sa mère a fait de lui une mauviette. C'est bien simple, il n'a rien d'un homme.

Tom se plante devant Jarod et le regarde fixement. Une contraction déforme la physionomie de son visage.

— Tiens, tu me fais honte

— Et toi…toi tu me dégoûtes.

— ÉCRASE, si tu ne veux pas que je continue ce que j'ai commencé hier.

Le moindre mouvement est douloureux pour Jarod. Son père a pris des coups, lui aussi. Il a un hématome sur le visage et ressent quelques douleurs, mais rien en comparaison de son fils. Sans dire un mot, ce dernier part dans la salle de bain en se tenant aux murs. Il reste un long moment sous le jet d'eau chaude. Il essaie de se détendre pour pouvoir supporter son père et trouver une solution. Il se rend compte maintenant des bienfaits de la thérapie. Toutes les discussions qu'il a eu avec le docteur Samuel Pravick portent leurs fruits. Elles lui ont permis de se découvrir, de savoir qui il est. Il y a encore du travail, il en est bien conscient, mais Jarod sent qu'il peut tenir tête à ce père, qui n'en a que le nom. Il lui fait peur, l'impressionne, mais ce n'est qu'un homme après tout. Il n'est pas invincible. Il est malsain, n'hésite pas à se servir des gens. Il se prend pour quelqu'un d'important à qui on doit le respect. Mais ce n'est qu'une ordure sans scrupule, un vaurien. Jarod arrive enfin à comprendre qu'il est comme le commun des mortels mais dénué de bons sentiments. Il est incapable de ressentir la moindre compassion. Quand il était petit, Jarod pensait que son papa était indestructible, devant lui, il n'ouvrait pas la bouche. Tom, lui, n'avait jamais fait l'effort de parler avec Jarod et ce dernier se sentait étranger près de son père et se demandait souvent si les autres parents étaient comme lui.

La lune dans tout cela ? La lune est là pour lui faire comprendre les choses sans les dire. C'est elle encore qui est venue jusqu'à lui et qui l'a forcé à faire le travail sur lui-même. C'est grâce à elle s'il a pris la décision de consulter, qui a dirigé ses pas pour qu'il aille sur la voie de la guérison. Elle l'a obligé à trouver les réponses pour qu'il agisse et c'est toujours avec des messages dissimulés qu'elle lui montrait la direction qu'il devait prendre. Lui, a eu l'intelligence et l'intuition de faire les choix décisifs qui s'imposaient. Il a su interpréter, analyser tout ce que lui soufflait son amie la lune.

Devant le miroir, Jarod découvre son visage. Il a presque du mal à se reconnaître et sent un malaise venir, ainsi que des nausées. Il décide de retourner dans sa chambre et ne met pas longtemps à se rendormir. La lune, absente depuis plusieurs nuits, fait son apparition.

— Jarod.

— Oui, où tu étais ?

— J'étais là, j'ai toujours été là, Jarod. Il t'a retrouvé.

— Tu le savais mais tu ne m'as rien dit.

— Souviens-toi Jarod.

— Quoi ?

— Souviens toi Jarod…souviens toi Jarod…

— Attends…attends…je suis fatigué…

La lune s'éloigne et Jarod se réveille en grimaçant. Tom rentre dans la chambre à cet instant.

— Qu'est-ce que tu fais là, viens avec nous. Qu'il pleuve, qu'il neige ou qu'il vente, nous prendrons la voiture ce soir pour aller à Coustellet. J'y suis passé il y a quelques jours. Il me semble que j'ai vu un distributeur. J'espère que tu vas pouvoir retirer encore de l'argent espèce de petit con. Tu gagnes bien ta vie, mais il ne t'est même pas venu à l'esprit de faire des changements pour pouvoir retirer de grosses sommes ? Il va falloir que ça change. T'es vraiment NASE. Et mets-toi bien ça dans le crâne, TOUT CE QUI EST À TOI, ME REVIENT DE DROIT. Qu'est-ce que tu crois ? Que c'est ta mère qui t'a appris ce que tu sais, C'EST MOI, tu entends, C'EST MOI et personne d'autre. Alors tu vas m'obéir, t'as compris ? Je ne veux pas avoir à le répéter. C'EST MOI QUI DÉCIDE.

Lola regarde son compagnon, qui la terrifie à présent. Elle n'ose rien dire quant à Jarod, lui, voudrait crier mais sa bouche est gonflée et entaillée. Avec le recul, il ne comprend pas trop son mécanisme de défense, celui de se protéger. Pourquoi n'a-t-il pas eu le courage de voir les choses en face, de les accepter ? Il était tellement dans le déni, que son père n'a jamais vraiment existé. Il était toujours là, mais dans son inconscient, bien enseveli dans un coin de sa mémoire, comme s'il ne l'avait jamais connu. Il a, au cours de sa courte vie, mis sous silence tout ce qui pouvait lui faire du mal. Il se sent plus armé à présent pour agir en conséquence.

30

Tom a pris soin de fermer les volets de la chambre de son fils et a fait en sorte qu'il ne puisse pas les rouvrir. Il l'enferme, puis s'installe sur une chaise et pose sa tête sur ses bras croisés sur la table et s'endort. Il se réveille au moindre bruit suspect. La journée semble interminable. En fin d'après-midi, Lola dans la cuisine cherche ce qu'elle va bien pouvoir préparer pour le dîner. Il y a un paquet de riz et des boîtes de conserve. Elle fait un gros effort pour ne pas pleurer. Elle a peur et regrette sa vie d'avant. Elle travaillait dans un magasin de prêt à porter à Marseille quand un jour, un homme qui pourrait être son père, vient à la boutique, juste pour la voir. C'était un séducteur. Il savait y faire. Petit à petit, leur relation a changé et sans aucune hésitation, Lola a accepté de vivre avec lui. Elle était heureuse et pensait que Tom était son prince charmant. Savoir qu'il venait juste pour elle, dans son lieu de travail, était un signe. Elle se sentait importante à ses yeux et est rapidement tombée amoureuse. Facilement manipulable à cause peut-être de sa naïveté, elle buvait ses paroles. Pour lui c'était facile parce qu'il savait y faire, comme un sportif de haut niveau, il avait de l'entraînement.

  Dehors, le tonnerre gronde et les éclairs par moment entaillent le ciel. À l'intérieur, l'appartement est aussi sombre que le ciel et l'atmosphère est tendue, personne ne parle. Lola regarde son compagnon du coin de l'œil et Jarod attend le moment où il faudra sortir dans le froid. Dans ses déboires avec cette figure paternelle, il se remémore le sourire magnifique de Margot. Il ne peut se concentrer pour trouver un dénouement heureux. Tout son corps lui fait mal.

Il est 20 heures quand ils sont dans la voiture. Jarod tremble de froid. Il est pris de vertiges et souffre d'une forte migraine. Son père imperturbable ne veut rien entendre.

— Je ne me sens pas très bien. On peut faire ça demain, non ?

— Quel temps de merde ! déclare Tom.

— Je ne me sens pas bien, je te dis. On devrait rentrer, j'ai…

— Tu vas gentiment retirer de l'argent et ensuite tu pourras faire dodo.

Jarod pose sa tête sur l'appui-tête et ferme les yeux. Il se sent nauséeux. Il a l'impression que sa tête est prête à exploser. Quelques minutes plus tard, dans la rue déserte, le jeune homme va jusqu'au distributeur de billets et ne peut rien retirer. Il s'attend à des reproches et des insultes. Il est obligé de faire un arrêt pour ne pas tomber. Il doit faire un effort surhumain pour retourner jusqu'à la voiture.

— Donne-moi l'argent.

— Je n'ai rien pu retirer…

— MERDE ! On va rester dans l'appartement, et le moment venu, nous partirons tous ensemble. J'attends un de mes amis de Marseille et…OH TU M'ENTENDS ? Je parle tout seul, là.

Jarod ouvre les yeux et répond doucement. Il essaie de tenir jusqu'à ce qu'ils rentrent. Il a envie que d'une chose pour l'instant, se coucher dans le noir et le silence. Tom hurle, ce qui n'arrange pas les douleurs dans son crâne.

— On a que trois cents euros, tu te rends compte ? Qu'est ce qu'on fait avec cette somme ? RIEN. T'es vraiment qu'un gros débile mon pauvre garçon. Tu ne sers absolument à rien…Décidément, tu n'as pas changé. Tout une éducation à refaire et j'ai bien l'intention de m'y atteler.

Tom oblige son fils à se mettre à table. Lola sert du riz et des haricots verts ainsi qu'une tranche de jambon.

— Tu trouves que c'est un plat correct ça ? Tu aurais pu faire un effort. Toi, tu ajoutes une tomate dans le riz et c'est bon ? Pff !

— Comment veux-tu que je cuisine, il n'y a pas grand-chose. J'ai fait comme j'ai pu. Tu n'avais qu'à faire des courses après tout.

Jarod surpris, regarde Lola. Il se demande ce qui a bien pu lui passer par la tête pour lui parler de cette manière. Ni une ni deux, Tom lui envoie une gifle d'un revers de la main, chose à laquelle il fallait s'attendre. Pendant un instant la jeune femme a oublié à qui elle parlait certainement.

— Non mais ça tourne plus rond. Je te conseille de faire attention à tes manières, si tu ne veux pas que je m'occupe de toi. Depuis quand tu prends ce ton pour t'adresser à moi ?

Lola la main sur la joue pleure en silence.

Cécile et Jules sont enfin heureux de serrer dans leurs bras, leur fille Camille et Margot, leur petite fille. Ils attendaient ce jour avec impatience. Cela faisait des mois que Camille n'était pas venue à Goult, autant dire, une éternité. Elle raconte à ses parents, comment est sa vie à Strasbourg, son travail à l'hôpital. Elle est passée infirmière en chef, depuis peu. Ne pas pouvoir venir à cause du manque d'effectif est parfois difficile à supporter, mais elle n'a pas le choix.

— Qu'est-ce que j'avais hâte de venir ! J'ai averti que cette fois, il n'était pas possible que je remplace qui que ce soit. J'ai toujours répondu « présente », alors pas question de passer Noël sans vous. Et puis, Margot m'a parlé de son amoureux. Il a l'air charmant ce garçon. Il me tarde de faire sa connaissance. J'ai vu une photo, il est très mignon.

— Tu vas l'adorer, répond Cécile.

— Oui il est adorable ce petit. Margot a de la chance de l'avoir trouvé et lui aussi d'avoir rencontré Margot. Pas vrai ma chérie ?

— Oui papy.

Le téléphone de Jarod sonne à plusieurs reprises, C'est Margot.

— C'est bizarre, Jarod ne répond pas. Je l'ai appelé plusieurs fois.

— Il est en vacances et il sera là demain soir. Il a peut-être des choses à faire, tu sais ma caille.

— Non mamie, Jarod me répond toujours quand je l'appelle, même quand il travaille. Ce n'est pas normal.

— Ah l'amour ! s'exclame Camille en regardant sa fille.

— J'irai le voir demain matin, insiste Margot.

— Tu devrais l'attendre ici. Demain soir quand il te verra, ce sera son plus beau cadeau, non ? Il va être surpris ma caille, on ne lui a pas dit que tu venais. D'ailleurs j'avais peur que ton grand-père fasse une gaffe, déclare Cécile.

— Mais attends, je sais garder un secret tout de même. Bon, c'est vrai que je me suis mordu la langue plus d'une fois pour ne rien dire. C'était dur.

Pour dire ces derniers mots, Jules secoue la main.

Margot aimerait pouvoir accélérer le temps car les heures ne passent pas et la soirée lui paraît terriblement longue. Elle est impatiente d'aller rendre visite à Jarod, le lendemain. La nuit, elle se tourne et retourne dans son lit. Le sommeil ne vient pas.

Le soleil a du mal à percer les nombreux nuages qui obscurcissent le ciel. Les rues sont encore désertes. Ce soir, c'est le grand soir. Les enfants attendent avec impatience l'arrivée du père Noël tandis que les adultes terminent les derniers préparatifs pour la soirée.

Jarod est inquiet. Il ne sait pas quoi faire car Jules et Cécile vont l'attendre. Il a peur pour eux. Tom est bien capable de leur faire du mal à tous les deux. *La seule solution c'est Lola,* en conclut Jarod. Mais cette dernière ne parle plus, reste dans son coin. Elle se ronge les ongles nerveusement, en attendant les ordres du grand chef. Jarod tente de lui faire des signes discrets, mais la jeune femme est tellement terrorisée, qu'elle ne veut rien savoir. Elle le regarde, lui fait les gros yeux ou fait semblant de ne pas voir, de ne pas comprendre, mais Tom a vu le petit manège.

— Oh, tu crois que je ne te vois pas faire des signes à Lola, petit con. En quelle langue il faut te parler pour que tu comprennes ? Reste tranquille. C'est qui cette Margot ? Elle n'arrête pas de t'appeler, c'est ta copine ? Dis-toi bien que Margot…c'est fini. On dégage bientôt de ce trou.

Jarod a le cœur qui bat fort en entendant le nom de sa petite amie, comme à chaque fois. Son père lui ordonne de prendre quelques affaires pour les ranger dans un sac. Il ne faudra pas perdre de temps le moment venu. Le jeune homme ne sait pas exactement quand est le départ. Tom ne donne aucune information. Il dit les choses ponctuellement, quand cela est nécessaire.

— Pendant que tous ces cons attendront le père Noël, moi je préparerai notre départ. Je veux voir tous tes papiers, enfin ceux concernant la banque. Tu feras en sorte de pouvoir retirer plus d'argent, quand ce sera possible. Ça tombe mal, la banque est fermée. Ça va nous retarder, cette histoire. Quelle merde !

En milieu de matinée, Margot décide d'aller chez Jarod. Elle n'a pas la patience d'attendre ce soir. Elle veut le voir tout de suite. C'est avec le sourire qu'elle marche jusque chez lui. Elle tape à la porte. Jarod avance doucement. Son père le suit de très près avec un regard qui en dit long. Dans ces moments-là, quand on le dérange, sa bouche se tord, ses mâchoires se crispent. Il tient son fils d'une main ferme, derrière son cou.

— Jarod, tu es là ? C'est Margot, ouvre s'il te plaît.

Jarod a du mal à respirer, il est en panique. Entendre la voix douce de celle qu'il aime le surprend. Elle ne lui avait pas dit qu'elle venait pour lui faire la surprise. Il a peur pour elle et pour la protéger, il serait capable de faire n'importe quoi.

— Jarod, s'il te plaît ouvre ! Jarod !

Margot s'en va. Elle ne peut s'empêcher d'être inquiète, car le jeune homme ne s'est jamais comporté de cette façon. Il ne reste jamais sourd à ses appels.

— Elle a mis du temps à comprendre que tu n'es pas là. Encore une gourde. Lola prépare moi un café et quelque chose à manger, j'ai faim.

Margot retourne chez ses grands-parents d'un pas rapide. Il n'est pas question de rester sans rien faire. Elle sent que quelque chose ne va pas. Elle le sent dans tout son être.

— Je suis allée chez Jarod mais il ne répond pas.

— Il a sûrement été faire des emplettes, Margot. Tu le verras ce soir. Il te prépare peut-être une belle surprise, qui sait ? Et toi comme tu es impatiente, tu vas la gâcher. S'il avait un problème, il aurait téléphoné. Il a beaucoup changé, maintenant il se confie plus facilement, déclare Jules.

— Papy, je te dis que ce n'est pas normal.

Les yeux de Margot se remplissent de larmes.

— S'il lui est arrivé quelque chose…

Camille s'approche de sa fille pour la réconforter.

— Allons Margot, ne t'inquiète pas comme ça. Qu'est-ce que tu veux qu'il lui arrive ? Ah, l'amour c'est quelque chose tout de même.

— Bon, je vais aller au café et un peu partout pour voir s'il n'y est pas. Et j'appellerai Samuel, il est peut-être avec lui. Ça te va ma chérie ?

— Oui, merci papy.

— Couvre-toi bien Jules et appelle-nous si tu as des nouvelles.

— Bien sûr ma Cécé.

— Tu vas voir ma caille, je suis sûre que ton grand-père va le trouver. Tu en rigoleras plus tard, assure Cécile.

31

Jules est bien emmitouflé dans sa grosse veste noire, une écharpe à carreaux autour de son cou et un bonnet qui lui descend presque sur les yeux. Il passe dans tous les petits commerces du village qui sont encore ouverts, mais personne ne l'a vu. Il retourne chez lui et doit bien le reconnaître, Jarod ne les a pas habitués à rester sans donner de nouvelles, hormis les fois où, perturbé, il s'enfermait chez lui. Ce temps est définitivement révolu. Après mûre réflexion, Jules se dit que Margot a peut-être raison. Le silence de Jarod n'est pas normal, plus maintenant.

Jules rentre un peu essoufflé.

— Je suis allé dans tous les commerces ouverts. J'ai posé des questions à tout le monde mais personne ne l'a vu. C'est vrai que c'est bizarre.

— Jules appelle Samuel s'il te plaît. Il est peut-être passé chez lui ? conseille Cécile.

— C'est qui Samuel, maman ? demande Camille.

— C'est le psychiatre de Jarod.

Jules, inquiet, appelle le médecin Samuel Pravick sans tarder. Ce dernier l'informe qu'il ne l'a pas vu depuis plusieurs jours.

— Si cela ne te dérange pas, je viens tout de suite. Si tu es d'accord, je prends la voiture et nous irons voir aux alentours. On ne sait jamais.

— Oui c'est une excellente idée Samuel. Margot est persuadée qu'il lui est arrivé quelque chose.

Quelques minutes seulement après leur discussion au téléphone, Samuel et Jules partent sans perdre de temps.

— Joyeux Noël, hein Samuel ?

— Oui, comme tu dis. Il allait bien ces jours-ci, il me semble.

— Oui, en tout cas, il ne m'a pas paru inquiet ni perturbé. Mais attends, j'avais oublié ce détail qui me semble important maintenant. Il nous a parlé d'une jeune femme. Il nous a dit qu'elle le suivait, enfin, il la trouvait toujours sur son chemin. Elle le regardait bizarrement selon ses dires. Il se peut que Jarod ait vu juste.

— Difficile à dire. C'est peut-être une piste ou Jarod a peut-être mal interprété les choses. Cela dit, j'ai un doute. Désolé Jules, je ne sais pas quoi dire, mais il vaut mieux s'en inquiéter.

— Oui, on est d'accord.

Les deux hommes ont parcouru des kilomètres, espérant apercevoir Jarod, en vain. Il faut se rendre à l'évidence, la situation est préoccupante. Jules ne se sent pas très bien. Il aime le jeune homme autant que si c'était son petit-fils. Ils décident de rentrer puisque personne n'est en mesure de leur donner des informations.

La main posée sur la poitrine, Jules a un malaise. Il est un peu essoufflé.

— Ça ne va pas Jules ?

— Non Cécé, je n'arrive pas à respirer. Je me sens oppressé. J'ai la tête qui tourne un peu.

Samuel lui demande de s'allonger et de respirer normalement puis le questionne.

— Tu as mal à la poitrine, des nausées...

— Non, j'ai des difficultés à respirer et j'ai un peu la nausée.

— Est-ce qu'il fait une crise cardiaque, Samuel ?

— Non Cécile, c'est une crise d'angoisse. Ça va passer, ne t'inquiète pas.

— Vous êtes sûr docteur que c'est juste une crise d'angoisse, parce que je veux retourner chez Jarod. Il est peut-être chez lui maintenant.

— Oui Margot, tu peux partir tranquille, répond le psychiatre.

— Ça va ma chérie. Je vais me calmer et ça ira mieux. Téléphone-nous dès que tu y es surtout, sinon tu reviens tout de suite.

— Oui papy.

Dans le ciel presque noir, des éclairs zigzaguent au loin et le tonnerre gronde dans un roulement sourd. Margot a les larmes aux yeux. Il a peut-être voulu partir sans rien dire, mais elle écarte vite cette idée de la tête. Ce n'est pas son genre. Il ne ferait jamais ça, elle en est sûre. Jarod est franc et honnête. S'il ne voulait plus la revoir, il lui aurait dit en face.

Chez Jarod, seul Tom parle et ne tient pas en place. Devant la fenêtre, il regarde le ciel.

— C'est bon ça. Avec ce temps, on ne risque pas de rencontrer qui que ce soit, même pas le père Noël, haha ! Pourvu que ça dure jusqu'à ce qu'on dégage.

Lola ne dit plus rien. Elle est assise dans un coin, loin de Tom.

— Lola, apporte-moi un autre café et un truc à manger. J'ai la dalle.

— Mais il n'y a pas grand-chose dans le frigidaire. Si tu veux, je pars vite faire des courses...

— NON. Il y a des œufs, alors fais-moi une petite omelette. Il faut tout leur dire à ces bonnes femmes. Alors dis-moi, Jarod, comment t'est venue l'idée d'écrire un roman ? Hein ? De quoi il parle ? De ta mère ?

Le ricanement de son père insuporte le jeune homme. Il prend plaisir à le provoquer. Dans sa voix, il n'y a que sarcasme. Jarod est écœuré par son attitude, et a honte d'être son fils. Il a envie d'en finir avec lui. Il n'a aucune envie de le supporter plus longtemps. Jarod a du mal à ouvrir la bouche, mais malgré la douleur, il répond à Tom. Il préfère se battre avec lui, s'il le faut.

— Je t'ai dit que je t'interdis de parler de ma mère. Et je préfère avertir sa majesté encore une fois, qu'elle n'aura rien, RIEN de moi. Jarod pose sa main sur le coin de sa bouche douloureuse.

Au moment où Margot s'apprête à taper à la porte, elle entend des voix. Elle tend l'oreille pour savoir ce qu'il se passe.

— NE ME PARLE PAS SUR CE TON, T'AS COMPRIS ? TU FERAS CE QUE JE TE DIS, QUAND JE TE LE DIS, ALORS FERME-LÀ UNE BONNE FOIS POUR TOUTE. J'EN AI MARRE DE ME RÉPÉTER.

— T'es vraiment qu'une ordure...

Tom, incapable de gérer sa colère attrape son fils. Ils se bagarrent à nouveau. Jarod essaie de se défendre malgré son corps endolori. Margot en pleurs s'éloigne de la porte et appelle son grand-père, ses mains tremblent.

— Papy.

— Margot, qu'est-ce que tu as ma chérie ?

— Papy…papy…il y a quelqu'un chez Jarod…je…je crois qu'ils se battent…papy…

— On arrive ma chérie, ne t'inquiète pas.

— Qu'est-ce qu'il se passe Jules ? demande Cécile angoissée.

— Margot a entendu la voix de Jarod et un autre homme. Ils se battent. J'appelle Marc tout de suite. Il viendra avec du renfort.

Jules, nerveux, appelle Marc et lui explique brièvement la situation. Ce dernier répond toujours présent quand quelque chose se passe à Goult. Il vient à chaque fois prêter main forte quand cela s'avère nécessaire. Margot de son côté, attend dans le couloir, désemparée. Elle entend des bruits de chaises qui tombent. Elle a peur pour celui qu'elle aime. Tom tape sur Jarod comme il aurait tapé sur n'importe qui. Le fait que ce soit son fils ne rentre pas en ligne de compte. Il n'aime pas qu'on le contredise et encore moins qu'on lui manque de respect. Il a tous les droits. Les autres n'ont qu'à bien se tenir. Pendant la bagarre, Jarod a puisé toute la force qu'il a pu trouver en lui pour se défendre, mais déjà bien amoché, il y a un coup de trop. Il gît en sang sur le sol. Lola dans un coin de la pièce, les mains jointes sur sa bouche se sent impuissante. Elle regarde terrifiée, Tom qui s'acharne sur son fils, puis crie.

— Arrête, tu…tu vas le tuer ! Arrête je te dis !

— LA FERME. Aide-moi à le transporter jusqu'à la chambre et arrête de pleurer. Ne m'énerve pas toi aussi.

Jules, Samuel, Marc et trois gaillards arrivent en renfort. Il n'y a pas de bruit de l'autre côté. Marc tape à la porte.

— Ouvrez la porte.

Pas de réponse.

Les hommes défoncent la porte à grands coups de pied.

— QU'EST-CE QUE VOUS FAÎTES ? VOUS N'AVEZ PAS LE DROIT DE RENTRER COMME ÇA CHEZ LES GENS. DÉGAGEZ, hurle Tom.

— Vous êtes qui ? Demande Jules.

— Je suis chez mon fils, ALORS DÉGAGEZ OU J'APPELLE LA POLICE.

— C'est moi la police.

Marc a juste le temps de terminer sa phrase que Tom, fougueux, lui envoie un coup de poing dans la figure. Marc se défend et sans attendre la fin de la bagarre, les trois gaillards essaient de maîtriser le père impétueux de Jarod. Il ne se laisse pas faire. Il se débat tant qu'il peut pour se dégager, mais sans succès. Pendant ce temps, Jules, le docteur Pravick et Margot cherchent Jarod. Ce dernier est allongé sur le lit, le visage en sang. Ils sont incapables de le reconnaître, tellement Tom l'a amoché. Il gémit.

— Jarod, on est là mon garçon. On va s'occuper de toi.

Margot pleure de voir Jarod dans cet état. Samuel appelle une ambulance qui arrive vingt-cinq minutes plus tard environ. Tremblante et en larmes, Lola reste dans un coin. Marc s'approche d'elle pour la questionner.

— Qui êtes-vous ?

— Je…je suis la compagne de…de Tom. Mais je vous jure que…que je ne savais pas ce qu'il voulait faire. Il…Il m'a dit qu'il voulait voir son fils et…

— Jarod nous a parlé d'une jeune femme qui l'a accosté, c'est vous ? demande Jules.

— Oui c'est moi, c'est vrai, mais je vous jure que je ne pensais pas que ça se passerait comme ça…je vous le jure…

— Vous le connaissez depuis combien de temps ?

— Deux ans. Je ne savais pas qu'il était aussi mauvais. Il a toujours été gentil avec moi… Je ne savais pas. Je voudrais rentrer chez moi, s'il vous plaît…

Lola sanglote. Elle est incapable de se calmer. Elle est visiblement très choquée. Marc et Jules se regardent.

— Qu'est-ce que tu veux faire, Marc ?
— On la laisse partir, sous certaines conditions.

À l'hôpital de Cavaillon, Jarod est pris en charge, inconscient. Margot, inconsolable, veut rester près de lui dans la chambre.

— Je dois rester avec lui papy, c'est à moi de rester.
— D'accord ma chérie, mais appelle-nous si tu as besoin de quelque chose. On revient demain.

C'est Noël mais le cœur n'y est pas. Jules et Samuel rentrent ensemble.

— Samuel, tu devrais venir avec ta compagne pour prendre le repas avec nous. On ne va pas faire la fête, c'est juste pour être ensemble. J'espère que Jarod va se remettre. Il est dans un état lamentable ce pauvre garçon. Quel pourriture son père. Je n'en reviens pas.

— Ce qui me surprend, c'est le comportement de Jarod. Il ressemble à son père physiquement mais c'est tout. Il n'y a rien d'autre. Le père et le fils sont diamétralement opposés. J'espère qu'il va aller mieux moi aussi. Et la jeune femme alors ?

— Marc lui a parlé. Ils l'ont laissée partir. Elle a dit qu'elle veut retourner chez elle. Elle croyait qu'il voulait revoir son fils, pas qu'il allait le brutaliser. Elle est prête à corroborer les déclarations de la victime et de tous les témoins, s'il le faut. J'espère que ce salopard va aller en prison. Et puis, Marc a pris tous les renseignements. Il a vérifié sa carte d'identité et l'a même photographiée.

32

Jarod perd connaissance et se réveille de temps à autre pendant trois jours. Sa tête lui fait terriblement souffrir et il ne reconnaît pas Margot tout de suite. C'est seulement le cinquième jour, qu'il se réveille avec près de lui, celle qui fait battre son cœur. Elle est tous les jours à son chevet, les yeux gonflés par les larmes et le manque de sommeil. Elle ne veut pas le laisser. Sa place est ici, auprès de lui. Elle est inquiète et les yeux rivés sur Jarod, se demande ce qu'elle ferait sans lui. Elle est incapable d'imaginer sa vie ici ou ailleurs s'il n'était plus là. Elle se rend compte plus encore maintenant, que sa présence lui est nécessaire. Elle a besoin de lui. C'est l'amour de sa vie.

Le temps de la séparation est arrivé. Elle doit repartir avec sa mère à Strasbourg. Jarod est bien réveillé, mais il parle doucement. Margot est obligée de tendre l'oreille pour l'entendre.

— Vous avez tous passé un Noël inoubliable à cause de moi. Je suis vraiment désolé Margot.

— Tu n'es pas responsable et pour Noël, il y en a un chaque année, par chance. Je dois retourner chez moi à Strasbourg. C'est passé trop vite. Tu dois prendre bien soin de toi. Tu as de belles choses à accomplir. Je t'appellerai tous les soirs, d'accord ?

— J'espère bien. Approche encore plus près que je te dise quelque chose à l'oreille.

— Oui dis-moi.

— Je t'aime Margot. Un jour, tu m'as dit « tu ne trouveras jamais dans ce monde, quelqu'un qui t'aime comme moi je t'aime. Tu t'en souviens ?
— Bien sûr que je m'en souviens.
— C'est la même chose pour moi. J'ai l'impression de n'être rien sans toi.
— Non, ne dis pas ça. Surtout pas.

Margot émue, rit et pleure à la fois. Ce sont des larmes de joie qui coulent sur son visage. C'est la première fois que Jarod dit clairement ses sentiments.

— Je t'aime Jarod.

Entre soins et visites, Jarod n'a pas trop le temps de s'ennuyer. Quand il est seul, les écouteurs dans les oreilles, il se concentre sur ces grandes musiques qui ont un bel effet sur lui. C'est avec « lettre à Élise » de Beethoven, qu'il commence son voyage. Les yeux fermés, il se voit voler au-dessus des mers, libre et heureux. Il peut sentir l'air frais sur son visage. Il crie sa liberté. Toutes ces musiques font vibrer son cœur. Il en connaît beaucoup et n'a pas fini d'en découvrir. Il les trouve toutes grandioses. Quelque soit son choix, dès la première note, il peut s'évader comme s'il pouvait se dédoubler et être quelqu'un d'autre, sans tourments, sans peurs. Les infirmières s'occupent bien de lui, certaines ont lu son livre. Elles lui posent des questions et lui disent qu'il est encore plus beau que sur la photo de son roman. Les jours filent et le jeune homme retrouve petit à petit sa physionomie et sur son corps meurtri, les hématomes s'estompent. Il lui faudra encore des jours pour récupérer toutes ses forces, mais il est sur la voie de la guérison.

Les semaines ont passé et Jarod a repris ses habitudes. Il a retrouvé toute sa vigueur. Il veut travailler avec Jules au magasin. Le soir devant son ordinateur, il continue d'emmagasiner des informations. Il est à l'affût, son regard passe d'un coin à un autre, dans sa tête tout est décodé, analysé. Rien n'échappe à son esprit critique. L'ordinateur est un outil, son cerveau est sa bibliothèque personnelle. Elle est riche de connaissances. Il a mis du temps à prendre conscience de tout ce qu'il sait. Son savoir est immense, et il se rend compte de toutes les capacités qu'il a à disséquer ce qui se présente devant lui. Pendant des années, il a mis un mur dans son esprit. Il était prisonnier de sa propre conscience. Il ne savait pas qu'il savait. La thérapie lui a permis, petit à petit, de passer la frontière de son inconscient. Il a brisé le mur et a enfin pu voir de l'autre côté et se libérer de tout ce qu'il avait mis en place pour se protéger. Le cerveau de Jarod est peut-être différent des autres. Le docteur Pravick voulait refaire des examens. Le jeune homme a refusé.

Jarod et Samuel se parlent plusieurs fois par semaine au téléphone. Il n'est pas question pour le médecin de le laisser. Pour avoir eu beaucoup de patients, il a développé un sixième sens. Il a tout de suite compris qu'il était spécial. Il y a son regard, mais aussi cette aura, difficile à décrire. Le docteur Samuel Pravick garde pour lui ce que le patient lui a confié dans son ordinateur. Il ne se lasse pas de ses discussions avec Jarod. Elles ne manquent pas d'intérêt. Il est toujours aussi surpris par sa vivacité d'esprit et ses réparties souvent empreintes d'humour. Jarod ne se rend pas compte du pouvoir qu'il a sur les gens. Sa personnalité querelleuse entre force et fragilité, et ce côté impénétrable qui semble le rendre moins accessible mais qui attire par son charme et son indicible génie.

Le jeune homme peut enfin se sentir libre. Sa thérapie va bientôt prendre fin.

— Tu veux terminer les séances avec moi ? Tu vas mieux, mais il y a encore une question qui n'a pas été soulevée !

— Laquelle ?

— Pourquoi la lune Jarod ?

— Je me pose encore la question à vrai dire. Quand j'aurai la réponse, je vous le dirai. Et puis, la thérapie n'est pas vraiment terminée. Je sais qu'il manque encore quelques petites pièces au puzzle.

— Oui c'est exact Jarod. Nous continuons, mais je suis persuadé que tu vas très vite trouver les pièces manquantes. Il t'arrivera sûrement de faire encore des cauchemars, mais tu vas pouvoir vivre maintenant. Quand je ne serai plus ton médecin, tu pourras m'appeler Samuel.

— Oui, je vais beaucoup mieux. Je me sens disons, plus léger. Je rêve encore beaucoup mais je peux gérer. Et nous aurons l'occasion de discuter ensemble encore longtemps. Je ne vous remercierai jamais assez de m'avoir accordé du temps alors que vous êtes à la retraite. J'ai de la chance.

— Non ce n'est rien. Moi aussi j'ai eu de la chance de te rencontrer. Pour être franc, tu étais un cas intéressant pour moi, puis au fil du temps, les choses ont changé. Nous nous reverrons l'été prochain. Isabelle aime cette région. On se rappelle ok ? Au revoir Jarod et fais attention à toi.

— Au revoir docteur.

Il est temps de tourner la page. Jarod ne veut pas entendre parler de cet homme qu'il a pour père. Il n'a plus jamais prononcé son nom ou fait allusion à lui comme s'il n'avait jamais existé. Il n'a pas cherché non plus à savoir ce qu'il allait lui arriver.

Jules et Cécile invitent Jarod pour le repas du soir, tout contents et impatients de lui annoncer une excellente nouvelle.

— Alors quelle est cette bonne nouvelle ?

— Ton père est en prison et il n'est pas prêt d'en sortir. Il t'a séquestré, extorqué de l'argent et roué de coups. De source sûre, cet homme est un grand voyou. Il a même tué un homme, peut-être plus, je ne sais pas. De ce fait, il passera beaucoup d'années en prison.

— Et alors ?

— Quoi, c'est tout ce que cela te fait ? Tu devrais être content mon garçon, il a ce qu'il mérite, non ? ajoute encore Jules.

— Bien sûr Jules, qu'il a ce qu'il mérite. Ce n'est pas moi qui vous dirai le contraire. Mais le fait est que je ne veux rien savoir de lui, ce qui peut lui arriver ne m'intéresse pas. J'ai l'impression d'être un monstre en disant cela, mais il a fait beaucoup souffrir ma mère et à cause de lui, mon enfance a été plus que malheureuse et mon adolescence inexistante. Il ne mérite de ma part ni compassion, ni pardon et encore moins de l'intérêt. Ce que je veux, c'est vivre enfin ma vie. Et je crois pouvoir dire que je suis entouré de gens qui m'aiment et qui me respectent. S'il vous plaît ne me parlez plus de cet homme, ce n'est pas mon père. Je comprends mieux pourquoi j'étais dans le déni. On ne peut qualifier de père un individu comme celui-là. Ce serait lui faire trop d'honneur. Je ne ressens rien pour lui, si ce n'est de l'indifférence, alors laissons la médiocrité là où elle est.

— Voilà qui est bien parlé dit Cécile.

— Oui tu as raison mon garçon, excuse-moi. On en parle plus, ajoute Jules.

— Vous savez ce dont j'ai besoin ?

— Ah mais s'il te faut quoi que ce soit, dit Jules avec son accent chantant, il ne faut pas hésiter, tu le sais.

— J'ai besoin de Margot.

Jules et Cécile se regardent, un grand sourire aux lèvres.

— Je crois, je suis sûr même, que c'est avec elle que je veux faire ma vie, l'épouser. Je le sais depuis le début mais j'étais tellement…

— Tu vas faire pleurer Cécile.

— Surtout ne lui répétez pas. Je compte sur vous.

— Mais pourquoi ? Toi tu vas faire ta demande quand même, non ? Bo, si elle sait que tu l'aimes, elle doit s'en douter un peu. Elle est maligne !
— Jules tu te rends compte que tu fais les questions et les réponses ?
— Oui…mais… Jarod, pourquoi ne pas lui dire tout de suite ? À quoi bon attendre ! Enfin…je ne dirai rien mais tu sais…
— Oui mon chéri, on le sait, c'est très dur pour toi de te taire.

Jarod a le sourire aux lèvres. Il éprouve des sentiments nouveaux. Il est enfin heureux. Il n'avait jamais connu cela auparavant. Sa mère faisait tout ce qu'elle pouvait pour son fils, mais elle vivait dans la peur. Comment est-il possible qu'un enfant s'épanouisse dans une ambiance malsaine ? Aujourd'hui, il se sent libéré. La vie semble lui sourire enfin et lui laisse entrevoir des jours sereins. Il aurait aimé avoir encore sa mère près de lui pour continuer à s'occuper d'elle. Quoi qu'il fasse, son souvenir est toujours présent.

La vie de Jarod change et pendant ses nuits la lune se fait de plus en plus rare. En revanche, ses rêves ne font aucune trêve. Ils continuent de compléter le puzzle.

Alors qu'il dort profondément.
— Jarod, mon chéri.
— C'est toi la lune ?
— Mon petit chéri.

Jarod se réveille brusquement et se lève avec l'impression d'une présence.

— Maman tu es là ?

Le garçon se rend compte tout de suite de l'absurdité de sa question. Il fait le tour de son appartement. Il n'est peut-être pas seul.

— Il y a quelqu'un ... Qui est là ?

Pas de réponse. Il faut se rendre à l'évidence, Jarod rêvait mais cette présence paraissait si réelle.

33

Au téléphone, les deux jeunes gens se parlent longtemps tous les soirs, mais Margot sent quelque chose d'inhabituel dans la voix de Jarod.

— Je voudrais te demander quelque chose mais tu vas peut-être me trouver égoïste. Mais quelle que soit ta réponse, rien ne changera pour moi, je t'aime Margot.

— Je t'écoute Jarod. Qu'est-ce qu'il y a ? Tu me fais peur.

— Je voudrais que tu viennes habiter ici à Goult. Je suis sûr que tes grands-parents n'y verront aucun inconvénient. Je sais que ce sera un grand changement pour toi, ici c'est un petit village, toi tu as l'habitude de la grande ville mais…

— Oui je suis d'accord. Quand tu étais à l'hôpital j'avais envie de revenir très vite, mais je voulais que ce soit toi qui me le demande. Enfin, tu comprends ?

— Oui, tu es une fille d'aujourd'hui mais comme beaucoup, tu préfères que ce soit moi, le garçon, qui fasse le premier pas.

— Oui c'est exact, mais je ne voulais pas non plus m'imposer. Je ne savais pas si tu en avais envie.

— Bien, je crois que l'on désire la même chose tous les deux. On est fait pour être ensemble. Toi et moi c'est pour la vie.

— Oui Jarod, c'est pour la vie. Est-ce que tu sais ce que tu veux faire maintenant ? N'oublie pas que tu es un génie !

— Oui, j'ai bien réfléchi. Tu sais que mon livre se vend très bien, bien plus que je ne l'aurais espéré. J'ai l'intention de continuer l'écriture, avec elle je peux aborder tous les sujets. Un autre est en route, je t'en parlerai quand tu seras là.

— Je suis tellement fière de toi Jarod.

— Ce dont j'ai le plus envie, d'être avec toi et de tout faire pour te rendre heureuse. C'est le plus important pour moi. Je ne remercierai jamais assez tes grands-parents, ils sont formidables. Sans eux, je ne sais pas ce que je serais devenu. Ce sont des vedettes.

— C'est clair, on ne s'ennuie pas avec eux.

Le temps fait son œuvre. Jarod ressentait un poids, sans en connaître les raisons. Aujourd'hui il se sent plus épanoui, chanceux de pouvoir enfin vivre sa vie, comme il l'entend. Petit à petit, il prend enfin confiance en lui. Pas une seule fois, il a de pensées pour ce père ignoble qui a gâché son existence et celle de sa mère. Il était dans le déni, mais aujourd'hui, il n'a plus aucune raison d'avoir peur de comprendre et connaître son passé. C'est une chose importante qui lui permet d'avancer.

— Tu n'as pas essayé d'en savoir plus sur lui ? demande Margot.

— À quoi cela me servirait ? À me rendre compte un peu plus, que mon père est un vaurien. Il me dégoûte.

Je n'ai plus envie d'entendre parler de lui. Ce ne doit plus être un sujet de conversation.

Malgré certaines questions en suspens, Jarod trouve un équilibre. Il a besoin du médecin pour approfondir, fouiller encore dans sa mémoire et compléter le tableau déjà bien noir. Il veut enlever le voile sur tout ce qu'il s'est passé, suivre le cheminement de toute l'histoire pour enfin mettre un point final à tout cela.

C'est la fin de l'après-midi, Jarod dans le magasin « la caverne d'Alibaba » choisi des bijoux fantaisies pour Margot, quand il tombe nez à nez avec Lola.

— Bonjour Jarod.
— Bonjour.
— Je…je t'ai cherché partout.
— Ah bon pourquoi ? Qu'est-ce que vous me voulez ?

Jarod ne peut s'empêcher d'être sur ses gardes. Il n'a pas confiance en cette femme. Certes, elle s'est fait berner par Tom comme beaucoup d'autres sûrement, mais il n'a pas oublié sa façon de lui parler et surtout, elle était d'accord avec son compagnon pour le garder prisonnier. Elle n'a eu aucun scrupule à ce moment-là.

— Bien, c'est difficile à dire. Je…j'ai énormément de difficultés à t'oublier. J'ai vraiment essayé mais je n'y arrive pas. Je…je crois que je t'ai…

— Alors je vous arrête tout de suite. Je n'ai aucune envie de discuter avec vous. D'abord, parce que je n'ai aucune confiance en vous et ensuite j'ai quelqu'un dans ma vie. Si vous êtes venue ici pour me parler de vos sentiments envers moi, vous pouvez repartir. Excusez-moi d'être aussi direct, mais je préfère que ce soit clair. Je n'ai pas envie de vous revoir ou de nouer une amitié. Alors, je crois que nous n'avons plus rien à nous dire Lola.

— Mais attends, laisse-moi au moins te parler. J'en ai besoin.

— Faites vite alors.

— Je sais que d'une certaine manière, je suis moi aussi coupable, mais si j'avais su qu'il te ferait du mal, je n'aurais jamais accepté. Je te le jure. Je tiens à te demander pardon, j'en ai besoin pour essayer de me sentir mieux et me libérer de ce poids. Je…je ne suis pas fière de moi, c'est important pour moi que tu le saches. Je t'assure Jarod, si j'avais su… Je sais que pour toi c'est encore plus dur. Avant de connaître Tom, j'avais une vie simple et tranquille. J'ai beaucoup de mal à passer à autre chose. J'ai honte de ce que j'ai fait. Je ne cherche aucune excuse, mais j'étais amoureuse et je lui ai fait confiance. Crois-moi, je le regrette.

— Bien, je vous remercie de me confier toutes ces choses. On en parle plus, et je préfère qu'on en reste là. Je ne veux plus vous revoir, vous comprenez ? Faites votre vie Lola, tournez la page. Je fais de même. Ressasser le passé ne sert à rien. Au revoir Lola.

— Merci Jarod, au revoir.

Lola se promène un peu dans le village. Sans le vouloir, ses sentiments pour Jarod ont changé. Elle a du mal à retenir ses larmes. Elle savait qu'il ne l'aurait pas accueillie les bras ouverts, mais c'est une romantique. Elle pensait que peut-être comme dans les films, il se serait montré dur au départ puis au fil du temps, leur relation aurait changé et qu'un amour fou les unirait. Malgré tout, elle se sent soulagée d'avoir pu lui dire ce qu'elle a sur le cœur. Elle est sincère et regrette qu'il ait souffert en partie à cause d'elle. Elle sait qu'elle va avoir beaucoup de mal à l'oublier et à se pardonner aussi.

Pour Jarod, l'important est d'avancer, de trouver une stabilité et appréhender l'avenir sereinement. Lola devant lui, c'est le passé qui resurgit. C'est faire un retour en arrière. Il veut écarter de sa route tout ce qui pourrait nuire à son bonheur nouveau.

Margot revient dans quelques jours définitivement et Jules, impatient, ne peut s'empêcher de poser des questions incessantes à Jarod.

—Tu vas lui faire ta demande, quand elle arrive, non ?

— Non Jules, je vais le faire, mais pas de suite.

— Mais pourquoi puisque vous vous aimez ?

— Enfin Jules, tu vas arrêter un peu. Tu ne vois pas que tu l'ennuies, laisse le tranquille. Il sait ce qu'il a à faire. C'est un grand garçon.

— Non, il ne m'ennuie pas Cécile, mais me poser la question plusieurs fois par jour ne le décourage pas. Le problème, c'est que cela ne sert à rien. Je vous le dirai le moment venu, d'accord Jules ? Je vous le promets.

— Bon d'accord ! Tu sais qui j'ai rencontré cet après-midi ? demande Jules.
— Lola.
— Comment tu le sais ? Elle t'a parlé ? Qu'est-ce qu'elle t'a dit ? Tu dînes avec nous ce soir ?
— Jules, elle ne m'a rien dit d'intéressant et non, je repars chez moi tout de suite. J'ai des choses à faire, vous savez.

Avant de partir, Jarod prend Cécile et Jules dans ses bras, puis rentre chez lui les mains dans les poches. L'enthousiasme de Jules et ses questions incessantes le fatiguent parfois, mais il sait que c'est parce qu'il veut son bonheur. Le jeune homme se dit maintenant, que le temps passe beaucoup moins vite, depuis que l'arrivée de Margot approche. Ce soir-là, Jarod se met au lit de bonne heure. Il a du mal à garder les yeux ouverts. Il s'endort rapidement et les songes arrivent. Ce sont des petits instants partagés avec sa mère. Des petits moments de bonheur quand Tom n'est pas là. Dans le labyrinthe de son subconscient, il se revoit enfant, dans les bras d'Hélène qui le console de sa voix douce. Puis sans transition, son père apparaît avec de la rage dans le regard. Il hurle, comme il le fait à chaque fois que quelque chose le contrarie. Dans son sommeil, il vient gâcher ses souvenirs merveilleux et si peu nombreux.

Cette nuit sera la plus chargée en émotion et en confidence. Elle va lui permettre de remettre les choses dans leur contexte, de combler les vides et enfin comprendre. Sans aucun lien avec le rêve précédent,

Hélène tient Jarod contre elle, pour regarder la pleine lune qui fascine le petit garçon. Il est tard. Tom n'est pas encore rentré. Elle approche son visage de celui de son fils pour lui dire tout doucement ce qu'il doit savoir pour plus tard, quand il sera grand.

— Jarod, tu n'es pas un enfant comme les autres. Je le sais depuis que tu es tout petit...

C'est dans son sommeil que Jarod voit défiler devant ses yeux ce qui est de toute évidence son histoire, avec des petites parcelles de sa vie qui complètent le puzzle. Revoir sa mère lui fait du bien. Elle semble si réelle. Elle parle à voix basse à son petit garçon, dont elle seule est consciente de ses capacités.

— Tu ne dois pas écouter tout ce que te dit ton père, parce que tu devras trouver ta voie, ce pourquoi tu es fait. Tu n'es pas un bon à rien, bien au contraire. Un jour, tu te rendras compte que tu as d'énormes capacités. Tu comprendras plus tard, mon chéri.

Pendant qu'il dort, ses yeux bougent beaucoup comme quand il est devant son ordinateur.

— Tu pourras regarder le monde comme personne. Tu auras j'en suis sûre, cette aptitude à tout saisir. Toutes ces choses que tu entends à longueur de temps, ce n'est pas la vérité, alors tu ne dois pas les garder dans ton esprit...

C'est une nuit emplie de réminiscences.

— Un pas après l'autre et tu sauras. Je te le promets. Tu devras apprendre à te connaître, à savoir qui tu es vraiment. Tu as neuf ans, Jarod, mais un jour, quand tu seras grand, tu devras faire un travail sur toi-même et toutes les portes te seront ouvertes à condition que tu découvres, seul, qui tu es. C'est important. Tu dois savoir qui tu es…tu dois savoir qui tu es…

    Jarod se réveille en sursaut. Il vient de comprendre. C'est sa mère qu'il entendait. Il avait gardé ses paroles dans un coin de sa mémoire. Quand il était petit, Hélène lui parlait souvent de son avenir et du travail qu'il aura à faire pour trouver sa voie. Il aimait regarder la lune avec elle, et c'est dans ces moments-là, au calme qu'elle l'instruisait en quelque sorte. Le lointain du jeune homme prend doucement une couleur plus claire. C'est l'horizon de Jarod qui se profile.

    Le lendemain après son travail, Jarod appelle le docteur Pravick.

— Bonjour Samuel…

— Tu m'appelles enfin par mon prénom, je suis content.

— Oui je peux dire avec certitude que la thérapie est définitivement terminée.

— Ah bon, alors je suppose que tu as trouvé des réponses ?

— Oui, j'ai fait de nombreux rêves cette nuit.

— Ils doivent être instructifs pour que tu veuilles m'en parler. Alors je t'écoute.

— Bien pour faire court, quand j'étais petit je regardais la pleine lune avec ma mère. C'est dans ces moments-là, qu'elle me disait toutes ces choses. J'ai associé la lune à ma mère. Je sais, c'est bizarre, mais tout ce que me disait la lune, en fait…c'était ce que me disait ma mère. J'avais oublié.

— Et oui Jarod, ce que tu croyais apprendre dans tes rêves, c'est ce que tu savais déjà. Tu étais tellement persuadé d'être, un bon à rien. Tu as tout mélangé et toutes ces discussions avec ta mère revenaient dans tes songes, sauf que tu as cru que c'était la lune qui te parlait. Quelquefois nous avons du mal à dissocier les choses, surtout lorsque l'on passe une période difficile. Tout s'emmêle un peu, parfois. Les rêves, la réalité…

— Vous avez fait comme ma mère, vous ne m'avez rien dit.

— Et te souviens-tu maintenant de la séparation avec ton père ?

— Oui je m'en souviens clairement. Un jour mon père était dans une colère monstre et je crois que c'est la première fois qu'il a levé la main sur ma mère. Il voulait s'en prendre à moi aussi. C'est pour cette raison qu'elle a voulu fuir. Dans ce rêve, je ne voyais pas son visage, mais ensuite, je me suis souvenu qu'elle avait une ecchymose autour de l'œil.

— Ta mère devait être une personne particulièrement intelligente. Elle voulait sûrement que tu fasses le travail sur toi-même pour y arriver, que tu cherches les réponses pour mettre de l'ordre dans tout cela. Pour te libérer. Tu as eu une enfance difficile. Elle savait que cela serait nécessaire. Elle était certaine que tu étais capable de t'en sortir. Parler de ton enfance, de ce père indigne était un passage obligé pour te reconstruire. D'ailleurs elle a eu raison. Pendant ton sommeil, c'est ton inconscient qui refaisait surface et tu as su comprendre les messages. Je t'avoue que je n'ai jamais rien entendu de pareil. Le cerveau est un organe complexe qui n'a pas révélé tous ses secrets. Tu t'es barricadé, Jarod, et avec toi, ton esprit. Tu as su de façon hermétique enfermer tout ce qui t'a fait souffrir pendant ton enfance. Tu t'y es pris tellement bien, que tout a eu du mal à sortir. Tu as bien travaillé. Ta mère peut être fière de toi. C'était vraiment nécessaire que tu le fasses seul.

— Vous m'avez bien aidé.

— Juste un peu. C'est toi qui donnais les réponses à mes questions et pas l'inverse. Je reviens bientôt, mais si tu fais encore des rêves ou que tu veux simplement discuter, je serais content de t'entendre. Et puis, il faut que tu rencontres ma compagne. La dernière fois, les choses ont fait que ça n'a pas été possible.

— Oui et j'en suis désolé.

— Ce n'est que partie remise. L'essentiel est que tout s'arrange.

34

Jarod appelle le docteur Samuel Pravick très souvent. Ils sont en phase tous les deux. Les discussions nocturnes et la thérapie, ont permis à Jarod de comprendre que pendant son sommeil, il approfondissait aussi tout ce qu'il avait regardé avant de s'endormir. Les documentaires, les films, tout était passé en revue une nouvelle fois pendant la nuit. Bien entendu, le jeune homme a expliqué à Cécile et Jules tout ce qu'il a enfin compris. Tout se met en place et les rêves bien que pénibles parfois ont été révélateurs et lui ont permis de saisir le sens de ce qu'il pensait être de la folie.

Le train de Margot arrive à quai. Impatients, ils attendent de voir son visage parmi la foule. Elle court vers Jarod et entoure ses bras autour de son cou pour l'embrasser. Jules et Cécile sont attendris et attendent leur tour.

— Comment tu vas ma caille ?

— Très bien mamie.

— Ah bon j'ai eu peur. Je croyais que tu ne nous avais pas vus.

— Mais oui mon papy, je vous ai vus. Vous m'avez manqué. Je suis tellement contente de revenir.

Les jours ont rallongé de façon significative. Les amoureux passent beaucoup de temps ensemble. Ils ne se quittent quasiment plus.

Les choses changent. Jarod qui communiquaient par ordinateur interposé avec des scientifiques, se voit invité dans des colloques. Ces derniers sont surpris de voir à quel point ses questions sont pertinentes et parfois instructives. Ils lui accordent du temps et discutent avec lui, comme s'il était un collègue. Le jeune homme est un puits de science, mais malgré ses connaissances, son envie d'explorer est toujours là. Les jeunes gens profitent de la vie et sont sur les routes quand ils le peuvent.

Margot apprend tant de choses qu'elle ignorait, auprès de Jarod. C'est une jeune femme épanouie qui continue de dessiner pendant leurs déplacements. Elle était persuadée que Jarod s'en sortirait parce qu'il faisait ce qu'il fallait. Margot savait que même si le chemin de Jarod pour aller mieux serait long, il ne le ferait pas tout seul. Rien ne peut l'éloigner de ce garçon si spécial. Elle trouvait étrange son histoire avec la lune, mais qu'importe, le garçon qui se trouvait devant elle, l'attirait comme un aimant. Entre les deux amoureux, une grande complicité s'est installée. C'est un amour sincère qui les lie.

Jules parle de vendre le magasin. Il a envie d'être tranquille, de profiter encore de la vie avec Cécile. Jarod essaie d'être là le plus possible pour l'aider, mais peut-être pas suffisamment.

— Jules, je sais que je bouge plus qu'avant c'est certain, mais je peux arrêter pendant quelque temps. Je ne veux surtout pas vous laisser.

— Tu plaisantes j'espère. Il n'en est pas question. Quand tu es là, tu m'aides beaucoup, mais tu dois faire ta vie. De toute façon, je vais mettre le magasin en vente. Je n'ai plus envie d'être bloqué, plus maintenant. Attention, je ne regrette rien. J'ai toujours été très heureux mais je veux être libre et profiter avec Cécile et vous. C'était super, mais il est temps pour moi de laisser la place à quelqu'un d'autre. Et puis, la paperasse ne me manquera pas et si tu peux m'aider à faire toutes les démarches, ce serait vraiment gentil.

— Il n'y a pas de problème Jules, si vous êtes sûr de vous, on fera ce qu'il faut. Nous pourrons aller à Strasbourg voir votre fille. Je porterai Cécile sur mon dos si elle rechigne à voyager.

Malgré tout ce qu'il sait, Jarod reste un garçon simple. Sa vie d'enfant a été tellement chaotique que pour lui, être heureux est le plus important. Tout le fascine et même encore aujourd'hui, il peut rester des heures à regarder la lune avec Margot tout près de lui. Il aurait aimé pouvoir partager son bonheur avec sa mère et quand il observe l'astre, il sent sa présence.

Aux prémices de l'été, le docteur Samuel Pravick arrive avec Isabelle, sa compagne. Dans ce village où presque tout le monde se connaît, ils posent leurs valises pour plusieurs mois. Un soir, à la « pizzéria Hugo » chacun fait son choix.

— Samuel, je vous suggère de goûter la pizza « la plage d'argent ». C'est une merveille !

— Ok Jarod, je te fais confiance.

— Vous savez Jarod, Samuel m'a beaucoup parlé de vous. J'étais pressée de faire votre connaissance. Depuis que je partage ma vie avec lui, c'est la première fois qu'il me parle autant d'un patient. Mais je vous rassure, il ne me dit rien qui soit de l'ordre du privé. J'ai lu votre livre, il est magnifique. Vous avez beaucoup de talent. J'ai hâte de vous lire à nouveau.

— Son troisième est en route, vous savez, déclare fièrement Margot.

— Bon ! Et si on trinquait maintenant avant d'entamer les plats ! Je ne sais pas vous, mais moi j'ai une faim de loup, déclare Jules en se frottant les mains.

C'est une belle soirée. Le jeune homme regarde autour de la table toutes ces personnes qui font partie intégrante de sa vie. Elles ont toutes joué un rôle important pour l'aider à trouver un équilibre.

Un soir, Jarod propose à Margot d'aller se promener du côté du moulin. La première fois, c'était magique. Ils marchent main dans la main dans les petites ruelles. La jeune fille regarde partout, comme si elle découvrait le village pour la première fois. Elle se sent bien dans ce lieu pittoresque. Jarod a raison, c'est difficile de ne pas l'aimer. Arrivés en haut, ils regardent l'horizon, puis sans qu'elle s'y attende, Jarod fait sa déclaration.

— Margot, je n'ai jamais été aussi sûr de moi.

— À quel propos ?

— Est-ce que tu veux m'épouser ? La première raison, la principale, c'est que je t'aime vraiment beaucoup. Sans toi ma vie ne serait pas aussi belle.

— Oui Jarod, je t'aime moi aussi et avec toi la vie est merveilleuse. Et quelle est la deuxième raison ?

— La deuxième raison, c'est à propos de ton grand-père. J'ai peur qu'il fasse un malaise si je le fais encore attendre. Il revient tous les jours à la charge pour savoir quand je vais enfin me déclarer. Le moins que l'on puisse dire, c'est qu'il ne se décourage pas facilement.

Devant ce magnifique panorama, Jarod offre une belle bague de fiançailles sertie de diamants à Margot qui pleure de joie. Ils s'embrassent tendrement et restent de longues minutes enlacés.

— Si tu savais comme je t'aime Jarod !

Jules et Cécile ainsi que leur fille Camille, apprennent enfin la bonne nouvelle. Il faut choisir une date de mariage maintenant et s'occuper des préparatifs.

— Jarod, tu me connais mon garçon, quand j'ai une idée dans la tête…

— Oui Jules. Vous êtes très têtu..

— Nous voulons vous offrir ce mariage. Ça va être grandiose et Cécile a insisté…

— C'est gentil Jules mais je ne sais pas si…

— Bo, bo, bo, un cadeau comme celui-là ne se refuse pas, et tu ne veux pas contrarier ma Cécé tout de même ?

Jarod se retourne et enlace Margot.

— Tu as des grands parents merveilleux.
— Et oui, je sais.

La vie s'écoule doucement dans le plus beau des villages. Jules a vendu son magasin, et met toute son énergie pour offrir aux deux jeunes gens un mariage inoubliable avec la cheffe des opérations, Cécile. Les jours et les mois passent.

Il fait un temps magnifique. L'air est doux et dehors, tout le monde discute et rit. C'est le bonheur absolu pour les futurs mariés. Les invités admirent le jeune couple qui s'apprête à s'unir. Ils sont beaux et irradient de bonheur. Quant à Jules, Cécile et Camille, ont du mal à retenir leurs larmes. Franck, le papa de Margot a fait le déplacement pour assister au mariage de son unique fille. Pour rien au monde il ne l'aurait raté. Ils sont tous très émus et heureux de voir enfin se concrétiser le rêve du jeune couple. Le docteur Samuel Pravick et sa compagne sont présents eux aussi. Le psychiatre n'en revient pas de la rapidité avec laquelle Jarod a su trouver en lui, la capacité à aller de l'avant, à guérir de ses blessures pourtant si profondes. Elles seront toujours un peu là, mais il saura vivre avec. Ce garçon introverti au début de la thérapie, est pour le docteur Pravick le patient qui l'aura le plus marqué.

La cérémonie est belle et émouvante. Jarod fixe Margot de longues minutes. Il a peut-être peur que cela ne soit qu'un rêve.

— Tout cela est bien réel, n'est-pas Margot ?

En prononçant ces mots, Jarod passe une main avec tendresse sur la jour de l'amour de sa vie. Non il ne rêve pas. La vie lui sourit enfin.

Les jeunes gens sont enfin mariés…

— Margot et...pour les enfants alors ? demande Jarod doucement.

— Pour les enfants ! On verra plus tard, répond la Margot avec son plus beau sourire.

Jarod a enfin trouvé le bonheur qu'il mérite. Il a une vie pleine de promesses devant lui avec celle qu'il aime. Il n'aura de cesse d'apprendre, de découvrir ce qu'il ne connaît pas encore. Mais surtout, il n'aura de cesse de vouloir rendre heureuse, Margot, l'amour de sa vie.

© 2024, Eliette Boutet

Édition : BoD - Books on Demand, info@bod.fr

Impression : BoD - Books on Demand, In de Tarpen 42, Norderstedt (Allemagne)
Impression à la demande

ISBN : 978-2-3225-2266-8

Dépôt légal : Janvier 2022

Couverture : Déborah Boutet